VICTORY NOVELS

第二次太平洋戦争

③激闘! 二大空母決戦

原 俊雄

電波社

この作品はフィクションであり、登場する国家、団体、人物などは、
現実の国家、団体、人物とは一切関係ありません。

第二次太平洋戦争(3)——もくじ

激闘！ 二大空母決戦

第一章　西進！ タワーズ艦隊

1

一九四四年一二月四日・午後一時一二分――。

第五艦隊司令長官のジョン・H・タワーズ大将と参謀長のアーサー・C・ディビス少将は〝本日中に日本軍空母艦隊を攻撃する！〟という方針ですでに一致していた。

けれども、それには、ひとつだけ重要な〝前提条件〟が付けられていた。

「問題は日本軍索敵機によって事前に発見されるかどうかですが、たとえ発見されたとしましても日本の空母群を〝二四〇海里圏内〟にとらえていた場合には、そのまま突っ込み、攻撃隊の発進を命じましょう」

ディビスがおこなった右の進言にタワーズはきっぱりうなずいていたが、第五艦隊および第五八機動部隊はたった今、ハワイ現地時間の午後一時一二分に、日本軍の大型飛行艇によって遭《あ》えなく発見されてしまった。

そして第五艦隊は結局、本日中に攻撃を仕掛けるための前提条件〝二四〇海里圏内〟へ接近することができず、第五八機動部隊と日本軍空母艦隊との距離は、現時点でいまだ〝二八五海里〟ほど離れていた。

「さて、どうする？」

タワーズがあらためてそう諮《は》かると、ディビスは眉《まゆ》をひそめて進言した。

「仕方ありません。日没までの時間はあと四時間ほどしかございませんので、それまで東方へ向けて高速で退避しましょう。……明朝の攻撃に賭けるべきです」

「……ああ、やむをえまい」

タワーズも顔をしかめてうなずいたが、最大の問題は、アメリカ軍艦載機の攻撃半径が約二〇〇海里しかないことであった。

これまで、日本軍空母艦隊と第五八機動部隊はおよそ四五ノットの相対速度で近づきつつあったが、味方空母群が敵飛行艇によって発見されたからには、日本軍空母艦隊はオアフ島に対する攻撃を中止して、第五八機動部隊をまず攻撃して来るのに決まっていた。

日本軍艦載機の攻撃半径はおおむね〝三〇〇海里程度はある〟と考えておく必要がある。つまり現在の二八五海里という距離は、味方は攻撃できないが、敵は攻撃できる、という最も不都合な状態にあり、日本軍空母艦隊は必ず速度を落としてこの〝絶好の距離を維持して来る〟にちがいなかった。

――日本軍空母艦隊はこれまでオアフ島（東北東）へ向けて速力・約二五ノットで進軍していたが、敵がその進軍を止めれば、日没までに日本の空母群を二〇〇海里圏内にとらえることができなくなってしまうだろう……。

タワーズやディビスはそう観念せざるをえなかった。これまでは敵味方が近づきつつあったからこそ、午後三時過ぎには〝敵を攻撃できる！〟という目算が成り立っていたのだ。

しかし、日本軍空母艦隊がオアフ島へ向けての進軍を止めれば、味方艦載機は二〇〇海里圏内に敵をとらえることができず、味方空母が一方的に攻撃を受けることになる。

二〇〇海里圏内にどうせ近づけないのなら東へ向けてただちに高速で退避すべきであり、敵艦載機の来襲が予想される二時間後にはおよそ五〇海里の距離を東進して、日本軍空母艦隊との距離をおよそ三三五海里に開くことができる。敵との距離を三〇〇海里以上に取ることができれば、さしもの日本軍艦載機といえどもヘルキャットの迎撃に遭ってなかなか思うような攻撃ができない。攻撃距離が三〇〇海里を超えると、日本軍艦載機は低高度で近づいて来ることができず、レーダーに捕捉されてヘルキャットの〝格好の餌食《えじき》〟となるにちがいなかった。

それでも二四〇海里圏内へ迫っていた場合には攻撃を強行するつもりでいた。タワーズ司令部はすでにその決意をかためて艦隊を西進させていたが、実際には、その四五海里以上も手前で日本軍の飛行艇に発見されてしまった。もはやこうなると、日本軍空母艦隊が基地攻撃から空母戦へ切りかえてくるのは目に見えており、参謀長のディビスは、ここは敵からの〝一方的な攻撃を避ける必要がある！〟と判断。司令長官のタワーズもその判断を是認し、二人は本日中の決戦を不利とみてさっさと軍を取って返した。

午後一時一五分。タワーズ大将は麾下《きか》全艦艇に対して速力二五ノットを命じ、第五艦隊および第五八機動部隊は日本軍空母艦隊との距離をかせぐために、日没を迎えるまで東進（微北）し続けたのである。

2

米軍機動部隊を発見したのはジョンストン基地から飛び立った九機の二式飛行艇のうちの一機だった。

同機は西の水平線上でなおもねばり続け、米艦隊との接触をたもっている。同機からの連絡を受けてほかの八機も針路を変更し、米艦隊の方へと向かいつつあった。

ジョンストン発進の二式飛行艇はいずれもすでに六五〇海里以上の距離を進出していたが、ガソリンはまだまだたっぷり残っている。二式大艇は三八〇〇海里もの航続力を有するため、どの機もいまだガソリンタンクに八〇パーセント以上もの燃料を残していた。

九機で入れかわり立ちかわり敵の直掩機を悩ませつつ、翌朝まで接触をたもって米軍機動部隊の動向を探り続けようというのだが、午後五時にはジョンストン基地からさらに八機の二式飛行艇が飛び立ち、先行した九機の負担を軽減することになっていた。

いや、それだけではない。

敵機動部隊〝発見！〟の報告を受け、第二機動艦隊の母艦三隻「雲龍《うんりゅう》」「祥鳳《しょうほう》」「龍鳳《りゅうほう》」からも計一二機の天山《てんざん》が飛び立ち、追加の索敵に向かおうとしていた。

それはよかったが、肝心の第一機動艦隊はいまの今までオアフ島の再空襲をめざして進軍していたため、母艦一〇隻（二隻の航空戦艦を除く）の艦上では、いまだ攻撃隊の出撃準備がととのっていなかった。

「兵装作業にあと四〇分ほど必要で、第一波攻撃隊の発進準備が完了するのは午後二時ごろとなります！」

旗艦・装甲空母「大鳳《たいほう》」の艦橋で、航空参謀の奥宮正武《おくみやまさたけ》中佐がそう報告すると、角田覚治《かくたかくじ》中将と参謀長の柳本柳作《やなぎもとりゅうさく》少将はぜひもなくこれにうなずいた。

米艦隊はかなりの速度で近づきつつある。これがなおも西進して来るようであれば〝決戦を挑むべき！〟と角田も柳本も覚悟を決めていたが、実際には、そうはならなかった。

午後一時二〇分過ぎには、敵艦隊との接触に成功した二式飛行艇からはやくも第二報が入り、どうやら米軍機動部隊は〝東方へ向けて退避しつつあるらしい〟ということが判明した。

この動きは柳本の予想どおりだった。

「艦載機の航続力が足りず、敵は本日中の攻撃を断念したにちがいありません！」

柳本はそう進言したが、角田はなおも闘志満々に訊き返した。

「でっ、こちらはどうする⁉」

角田中将は鼻をふくらませて、ありありと追撃の意志を表わしたが、柳本はそれをやんわりといさめた。

「長官。お気持ちはわかりますが、攻撃隊の発進準備にはあと三〇分以上も掛かります。しかも敵との距離は現在二八〇海里以上も離れており、午後二時に発進を命じたとしましても、わが攻撃隊が敵艦隊上空へたどり着くのは午後四時ごろとなるでしょう。その間に、敵空母群はすくなくとも六〇海里は遠のいており、本日中の攻撃はむつかしいと言わざるをえません」

機体の強化によって「彗星《すいせい》」「天山」の合理的な攻撃半径が二七〇海里程度にまで低下しているということは、むろん角田も承知していた。

が、それでも角田中将が憮然とした面持ちで黙っているので、柳本はしかたなく奥宮中佐に水を向けた。

「きみ、攻撃成功の見込みはあるかね?」

奥宮は即答した。

「いえ。わが攻撃隊は過剰な負担を強いられ、待ち構える大量のグラマンにゆく手を阻まれることになり、おそらく米空母群の上空へ到達する前にその多くが撃墜されてしまうでしょう。……敵のレーダー探知を避けるには、すくなくとも二五〇海里圏内に踏み込んでから、攻撃隊に発進を命じるべきです」

これが結論にちがいなかった。

柳本はうなずき、あらためて角田長官に向かって進言した。

「先手必勝という航空戦の常識はもはや過去のものとなりつつあります。……三、四隻ずつの空母を動員しての機動部隊同士の戦いでは、たしかに先手を取った方が戦いを優位にすすめることができました。ですが、双方が一〇隻以上の母艦を出して戦う昨今の空母航空戦では、その常識が通用しなくなってきております。レーダーの進歩が著しく、大量の戦闘機を迎撃に上げ、艦隊のはるか手前の上空で、来襲した敵の攻撃隊を迎え撃つことができるからです。その迎撃網を突破するのは一騎当千の猛者《もさ》でもかなりむつかしい。ましてや一〇隻以上もの母艦搭乗員をすべて猛者ばかりでそろえるのは不可能です。どうしても経験の浅い搭乗員が多数を占めることになります」

ひと呼吸おいて柳本がさらに続けた。

「少数なら一騎当千の隊長も隅ずみまで指揮統率を図れますが、攻撃機の数が増大しますと、その優れた人知《じんち》も及びません。また、敵は雲霞《うんか》のごとく迎撃戦闘機を上げてくるので、少数精鋭での突破も不可能です。航空戦は質にもまして量が重要ですから、いくら一騎当千の猛者といえども、攻撃を無理強いしますと、それら精鋭をいっぺんに失うことになるでしょう。……ですから、大量の敵戦闘機を相手にしなければならない昼間攻撃はもはやかえって綱渡りとなります。……いや、日夜訓練をかさねてきたわが母艦航空隊には、その危険な綱を〝特殊な方法で〟渡れる搭乗員がなるほどおります。特別な訓練をかさねて〝荒鷲《あらわし》〟から〝梟雄《きょうゆう》〟へ進化した者どもです。ここは、まず夜襲で突破口を開きましょう」

柳本が言うとおり〝彼ら〟はもはや鷲から梟《ふくろう》へと進化していた。

たしかに米軍には優秀なレーダーを備えた夜間戦闘機が在る。その優秀なレーダーを夜行性猛禽類の〝耳〟にたとえれば、これはミミズク対フクロウの戦いだった。しかし少数精鋭同士の戦いに持ち込めば、日夜〝月月火水木金金〟で血のにじむような猛訓練をかさねてきたフクロウのほうが断じて優秀だ。搭乗員の技量ではたしかに帝国海軍のほうが上まわっている。とくに米軍雷撃隊の技量は稚拙《ちせつ》で、戦闘機の護衛がない〝まるハダカの巨大戦艦〟に、米軍雷撃隊は二時間ちかくも掛かって一〇本の魚雷を命中させる程度の技量しかないが、帝国海軍雷撃隊なら同じ標的に、三〇分足らずで二〇本以上の魚雷を命中させて、これをものの見事に轟沈《ごうちん》するにちがいなかった。

だから搭乗員の技量は帝国海軍のほうが断じて優秀だが、その精鋭部隊も昼間攻撃では敵グラマンの数に圧倒されて量（マス）の戦いを強いられる。ここはまず、質の戦いを活かせる夜間攻撃を仕掛け、米空母の数を減らすべきだった。

そして、帝国海軍はもともと夜間攻撃を主体にした戦術を計画準備していたが、今、一方的に攻撃できそうな敵を眼の前にして角田自身の考えに俄然ゆらぎが生じ、それを柳本と奥宮がいさめたのである。

「ああ、わかった。まずは既定の方針どおり、夜間攻撃の機会を待つとしよう」

柳本の理詰めにへきえきして、ようやく角田がそうつぶやくと、柳本と奥宮はそろいもそろってこれにこくりとうなずいた。

時刻は午後一時三〇分になろうとしている。

このとき第一機動艦隊はすでに進軍速度を速力二〇ノットに低下させていたが、角田中将は柳本少将の進言を容れて、一旦、米軍機動部隊との距離を取るために艦隊の針路を東北東から西北西に転じた。

やがて、午後一時四〇分に第一機動艦隊の全艦艇が針路変更を完了すると、角田は、あらためて柳本に訊いた。

「それで、オアフ島への攻撃をどうする？」

「はい。復旧作業を妨害するために少数の攻撃機をオアフ島へ向けて放ち、敵飛行場に夜間爆撃を仕掛けます」

「……貴重な『夜襲攻撃隊』を、よりによって基地攻撃に使うのかね？」

思わず首をかしげながら角田はそう問いただしたが、柳本の考えはまるでちがった。

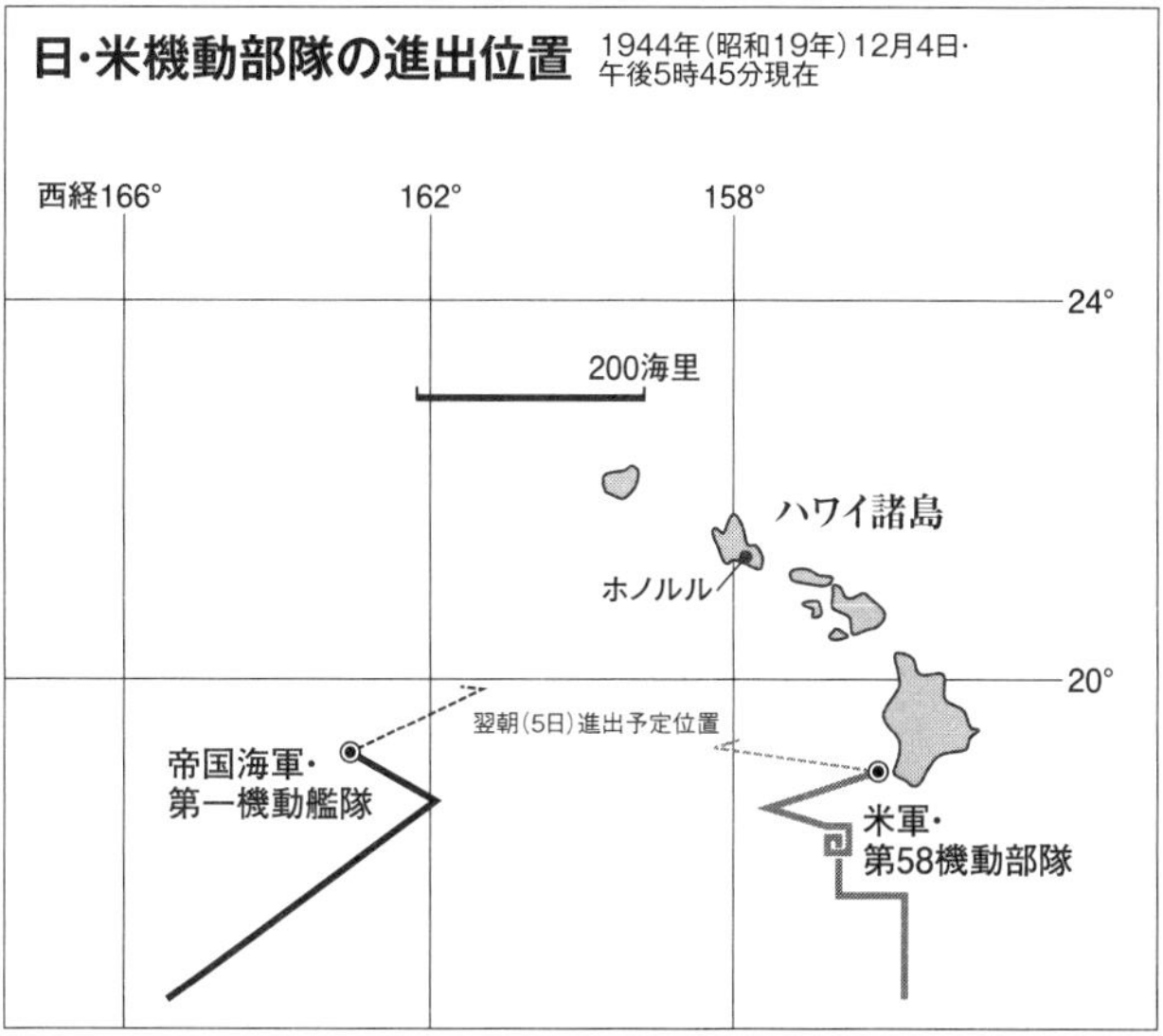

「いいえ。『夜襲攻撃隊』は基地攻撃には使わず温存しておきます。艦隊本来の隊員のなかから夜間飛行に長けた者を選び出し、敵飛行場の攻撃に差し向けます。……現在、それら搭乗員の選抜をおこなっているところです」

柳本がそう答えると、角田はこれには満足げにうなずいてみせた。

四日・午後五時四五分。ハワイ周辺海域は夜のとばりにつつまれ、第一機動艦隊はオアフ島の西南西・約三七〇海里の洋上に達した。かたや索敵機の天山を収容した第二機動艦隊もその後方・約四〇海里に続いている。

いっぽう、米軍・第五艦隊および第五八機動部隊はオアフ島の南東・約一九〇海里の洋上へ退いており、夜を迎えたこの時点で日米両艦隊の距離は再び四六〇海里ほどに開いていたのである。

米軍機動部隊は再び第一機動艦隊の方へ近づきつつあるのだ。

そのことをふまえた上で、柳本は、角田中将に進言していた。

「敵は夜明け（五日・早朝）の攻撃を期してわが方へ近づきつつあるのです。そして、われわれがオアフ島の米軍飛行場に空襲を仕掛ければ、敵はその攻撃を阻止するためにいよいよわが方へ接近して来ざるをえません。……そのときこそ『夜襲攻撃隊』の出番です」

角田はこの進言にうなずき、第一機動艦隊の針路を再びオアフ島へ向けていた。

「針路・東北東、速力二〇ノット！　午後一一時五〇分を期してオアフ島へ攻撃隊を出す！」

角田中将がそう命じたのは四日・午後五時五〇分のことだった。

3

米軍艦載機が夜間に第一機動艦隊を攻撃して来るような可能性はなかった。敵攻撃隊に〝それほどの技量はない！〟と断言してよかったし、米軍機動部隊との距離は現在四五〇海里以上も離れている。米軍艦載機の攻撃半径はおよそ二〇〇海里しかないため、第一機動艦隊は〝ほぼ安全圏内で行動している〟と考えてよかった。

米軍機動部隊の動向とその位置に付いては、ジョンストン発進の二式大艇数機が接触を保ち、随時報告が入っていたので、四五〇海里ほど離れていることはまちがいなかった。そして日没後、敵機動部隊が〝どうやら西進し始めた〟ということも角田司令部はきっちりと把握していた。

そして、第一機動艦隊がオアフ島へ向けて再び東進し始めたので、第一、第二機動艦隊は、午後九時前にもう一度、オアフ島の西南西・約三一〇海里の洋上で合同できそうであった。

合同後、日付けが変わる直前の午後一一時五〇分にオアフ島の西南西およそ二五〇海里の洋上へ達し、第一機動艦隊は、そこから攻撃隊を出して同島を空襲しようとしていた。

いっぽうそのころ、タワーズ大将の第五艦隊司令部も日本軍・第一機動艦隊の動向をほぼ正確につかんでいた。

午後三時ごろに一機のカタリナ飛行艇が日本軍空母艦隊は〝西進中！〟と報じており、タワーズ司令部も〝これで本日中（四日）の戦いはなくなった〟と判断し、艦隊の東進速度を一八ノットに低下させていた。

加えて、オアフ島──ジョンストン島間で哨戒任務に就いていた潜水艦のうちの一隻が日本軍空母艦隊との接触に成功。空母を直接視認したわけではなかったが、その接触位置から推測して、タワーズ司令部はこれを、日本軍の〝主力空母艦隊である〟と正しく認識していた。

第一機動艦隊との接触に成功していたのは潜水艦「ハンマーヘッド」だったが、同艦が日本の駆逐艦を発見して大急ぎで潜航したとき、角田中将の第一機動艦隊はすでにオアフ島へ向けて東進を開始していた。

もはや洋上は暗く時刻は四日・午後六時三〇分を過ぎていたため、「ハンマーヘッド」は日本の空母を視認することができず、攻撃をあきらめて潜航したが、同艦は、タワーズ司令部に重要かつ貴重な報告をもたらしていたのだった。

第五艦隊の旗艦・戦艦「ミズーリ」の作戦室では、「ハンマーヘッド」からの報告を受け、航海参謀がタワーズ大将とディビス少将にその位置を進言していた。

「敵艦隊は現在、オアフ島の西南西およそ三五五海里の洋上を東進中で、わが艦隊の西方、およそ四三〇海里の洋上を〝オアフ島へ向けて航行している〟とみられます！」

速力や空母の有無など詳細はあきらかでなかったが、これはもはや日本の主力空母艦隊にちがいなかった。

「日本の空母群はオアフ島へ再接近し、艦載機でわが飛行場に対して夜間攻撃を仕掛けて来るものと思われます」

ディビスがそう進言すると、タワーズもこれに大きくうなずいた。

日本の艦載機はたしかに夜間攻撃をやるだけの実力をそなえており、そのことはタワーズも認めざるをえなかった。

第五艦隊はこのときすでに西進を開始していたが、オアフ島を防衛するには第五八機動部隊の艦載機で日本軍空母艦隊を攻撃するしかなく、タワーズはディビスの進言に応じて艦隊の進撃速度を二〇ノットに上げるよう命じた。

翌・五日の夜明けを期して空母決戦を挑もうというのだが、このときディビスは、ふと、レイモンド・A・スプルーアンス中将の忠告を思い出していた。

ディビスは第五艦隊参謀長となる直前にスプルーアンス提督のもとを訪れて、先の空母決戦での敗因について、スプルーアンス中将に直接意見をもとめていたのだった。

ディビスがスプルーアンス中将のもとを訪れたのは今から一ヵ月以上も前のことで、それは一〇月二二日のことだった。

味方空母〝八隻喪失！〟というクェゼリン近海での衝撃的な敗北について、ディビスは、多くを語ろうとしないスプルーアンスに対して率直に意見をもとめた。

「当時でも空母や艦載機の数ではわがほうが上まわっていたはずです。提督の第五艦隊はなぜ、あれほどの敗北を喫《きっ》したのでしょうか？」

ディビスがそう訊ねても、スプルーアンスは最初のうちはなかなか口を開こうとしなかった。だが、ディビスが〝今後のこともある〟と言及してさらに質問をかさねると、スプルーアンスもようやく重い口を開いた。

「日本の搭乗員は優秀な者ばかりか、みな命知らずだ。……日本軍空母艦隊には〝夜間〟といえども不用意に近づくべきではない。私が言えるのはそれだけだ……」

スプルーアンスはしぼり出すような口調でそう言ったが、すんなりとは腑に落ちず、ディビスは訊き返した。

「しかしわが艦載機の足は短く、その弱点を補うには夜の暗闇を活かして敵方へ近づいてゆくしかないのではありませんか？　でないと、朝を迎えた時点でもまだ、わが艦載機は敵空母群へとどかず、日本軍艦載機の攻撃を一方的にゆるしてしまうことになります」

けれどもスプルーアンスはこれに答えず、ただただ「夜といえども敵方へ不用意に近づくべきではない」と繰り返すのみだった。

そして今、夜を迎えても、第五艦隊および第五八機動部隊は日本軍飛行艇から延々と接触を受け続けており、ディビスは、スプルーアンス中将の忠告が妙に気になり始めて、タワーズに向かってにわかに進言した。

「日本軍の空母を攻撃するためにわれわれはなるほど西進すべきですが、敵空母群の三〇〇海里圏内には、安易に近づかないほうがよいのではないでしょうか？」

しかし、タワーズはいかにも不思議そうな顔をして、首をかしげた。

「……はあ？　なぜ、だ⁉」

「日本軍パイロットの技量はかなり高く、わが空母はこれまでにも幾度となく、敵機の夜間攻撃に悩まされております」

ディビスはそう即答したが、タワーズはまったく意に介さなかった。

「それを否定はせぬが、こちらも敵機の夜間攻撃を見越して、そのための対策をきっちりと講じてある。……夜戦型のヘルキャットを増やしたのはいったいなんのためだ⁉」

たしかに第五八機動部隊の高速空母が搭載する夜戦型ヘルキャットの数は、四月の決戦時よりも二〇機ほど増やされていた。

これにはすぐに反論することができずディビスが言いよどんでいるあいだに、タワーズがさらにたたみ掛けた。

「まず二〇〇海里圏内へ踏み込まないことにはこちらが一方的に敵の空襲にさらされるではないかっ⁉　それともきみは、先制攻撃の機会を敵にゆずれ、とでも言うのかね？」

まさしくそのとおりだが、これにはディビスが勇気をふりしぼって言い返した。

「一旦は防御に徹するのもひとつの方法だとスプルーアンス中将はお考えのようでした。……日本軍艦載機は総じて防御力に難があり、その弱点を突こうというのです。わがほうはすべてのヘルキャットを迎撃に上げて一旦防空戦に徹し、その後一気に反撃へ転じるのです」

ところがタワーズは〝スプルーアンス〟という名前を聞いて、ことのほか声を荒げた。

「バカな！　一旦防御に徹するだと!?　なにを寝言を言っとる！　飛行機や空母は攻撃に使ってこそ真価を発揮する。防御に徹するなどまったく言語道断！　そんなとんちんかんなことを言っておるから、やっこさん（スプルーアンス）はジャップごときに大敗を喫したのだ！」

飛行機や空母は、防御に向かず〝攻撃に使ってこそ真価を発揮する！〟というのは、なるほどタワーズ大将の言うとおりだった。それが航空戦の初歩ともいえる常識であり、航空専門を自任するディビスは、なまじ専門家であるだけに、タワーズ大将の言を、それ以上、否定することができなかった。

「本来はそうですが……」

ディビスは、一旦はそうつぶやいてみたもののタワーズ大将を説得するほどの材料がまるで頭に思い浮かばず、急に口をつぐんでしまった。

タワーズ大将のみならず、第五八機動部隊を率いているマーク・A・ミッチャー中将もまた先制攻撃を望んでおられるにちがいなく、なにを隠そうディビス自身も、つい先ほどまでは二人と同じ考えであった。

が、夜になっても執拗《しつよう》に日本軍飛行艇がへばり付いて来るので、ディビスは、ふと、嫌な予感がしてきたのである。

明確な説得材料はなお見当たらない。それはそうだが、ディビスは考えぬいた末に、それらしい妥協案をようやくひねりだした。

「……わかりました。では、こうしてはいかがでしょうか。……おそらく敵空母群はオアフ島を空襲して来るものと思われます。日本軍艦載機がオアフ島に夜間攻撃を開始したことを確認してからわれわれは敵方三〇〇海里圏内へ踏み込んでゆきます。敵は夜間飛行可能な艦載機の約半数をオアフ島攻撃に使うわけですから、わがほうは〝残る半数の敵機を相手にするだけで済む〟と考えられます。しかも基地を攻撃した敵は、その攻撃機を収容するまでは容易には動けません」

これはたしかにひとつの策だった。さしもの日本軍といえども夜間攻撃可能な技量を持つ搭乗員は数に限りがあるだろうし、そのうちの約半数を相手にするだけでよいのなら、夜戦型ヘルキャットは相当有利な戦いをできる。

そして、この夜間防空戦を大多数の空母が無事に乗り切ったとすれば、第五八機動部隊は夜明けとともに大量の艦載機を動員してすぐさま反撃に転じることができる。

しかも、オアフ島を空襲した敵空母群は、基地攻撃に使用した艦載機を収容するまでは、大きくその位置を移動することができない。だとすれば第五八機動部隊は、身動きの取れない敵空母群の位置を的確につかむことができ、持てる艦載機の全兵力をはたいて反撃、敵主力空母を一網打尽にできる可能性があると考えられた。

それでもタワーズはすこし考えていたが、結局その妥当性を認め、ディビスの提案にうなずいたのである。

「まあ、それならよかろう」

ところで、日本軍攻撃隊の技量については、タワーズはもとより、ディビスでさえも評価を過当に低く見誤っていた。昭和一七年一〇月までの戦いで、帝国海軍・母艦航空隊は優秀な搭乗員を大して喪失しておらず、休戦期間中の猛訓練を経てその技量は今や格段に向上していた。

江草隆繁《えぐさたかしげ》少佐や村田重治《むらたしげはる》少佐といった特に優秀な搭乗員に限らずとも、第一機動艦隊のきわめて平均的な搭乗員でさえ、敵基地に対する夜間攻撃ぐらいは平気でやってのける、それだけの技量をそなえていた。

ましてや、敵艦艇に対する夜間攻撃に特化して訓練を受けていた「夜襲攻撃隊」の搭乗員らはみな、半年以上も前から昼夜逆転の生活を送り、昼間の戦いには一切〝参加しない〟という徹底ぶりで、この日を迎えていた。その心構えたるや、タワーズやディビスの想像をはるかに越えており、「夜襲攻撃隊」は、敵艦に対する夜間攻撃を専門にして組織された、まさしく世界ではじめての空襲部隊であった。

じつは、「夜襲攻撃隊」搭乗員の努力は昭和一六年の初春からすでに始まっていた。

昭和一六年度の母艦航空隊に課せられた重要な研究課題のひとつが〝無制限照射中の雷撃〟であり、当初、第一航空戦隊は「赤城《あかぎ》」を欠いていたため、「加賀《かが》」の雷撃隊がいちはやくこの課題に取り組んでいた。

昭和一五年末から整備を受けていた「赤城」が第一航空戦隊に復帰するのは昭和一六年四月一〇日の「第一航空艦隊」編成時のことで、「加賀」の雷撃隊は、「赤城」「蒼龍《そうりゅう》」「飛龍《ひりゅう》」などの雷撃隊よりも、夜間攻撃の訓練において数歩先を進んでいたのだった。

そして、この加賀雷撃隊には、いわゆる躍起者が数多くいた。いかに困難な目標をあたえられても、逃げ口上を張らず、まっしぐらに課題に噛み付いてゆく猛者たちだ。

竹内定一《たけうちさだかず》大尉、鈴木三守《すずきみつもり》中尉などという命知らずの荒猛者たちが、従来のまやかし的な夜間雷撃法から脱却して実戦において真に役立つ雷撃法を確立すべく、毎夜のごとく猛訓練を開始したのがすべての始まりだった。のちに「夜襲攻撃隊」を生む、先駆けになったといってよい。

延岡《のべおか》の「旭ベンベルグ」に頼んで、各種の光芒《こうぼう》遮蔽《しゃへい》ガラスを用意して研究、訓練をやり始めたのも「加賀」の雷撃隊が最初で、年度も後半（四月以降）になると、どんなに多くの探照灯を用いても、加賀雷撃隊の集団雷撃を阻止することができないほどになっていた。

その間に、夜間雷撃の推進力であった竹内定一大尉を喪うなど、痛ましい事故もあったが、後に残った隊員らは、北島一良《きたじまかずら》（当時）大尉を中心にまるで怯《ひる》むことなく、まさに先人の屍《しかばね》を乗り越えて鋭意前進、その腕にますます磨きを掛けていったのである。

日付けは定かでないが、昭和一六年九月下旬のある夜、加賀雷撃隊は母艦「加賀」を目標にして夜間雷撃訓練を実施した。このときも「赤城」は母港・横須賀で補修点検を受けていた。

空中指揮官は橋口喬《はしぐちたかし》少佐が務め、攻撃隊は二七機の九七式艦攻で編成されていた。

第一航空艦隊司令長官の南雲忠一《なぐもちゅういち》中将は一時的に旗艦を空母「加賀」に移しており、夕刻、二隻の駆逐艦を伴って有明湾を出港、九州東方洋上で演習を開始した。

薄暮《はくぼ》になると、まず鹿児島基地から二機の艦攻が飛び立ち、視界限度付近に現れて「加賀」への接触を開始した。この夜間接触というのは、海軍の飛行訓練のなかでも最も困難なもののひとつであり、当初は水上偵察機によって訓練研究が進められたが、このころには艦上機でも実施するようになっていた。昭和一六年当時は計器類も不完全で、操縦もまだまだ未熟であり、夜間視程の不良なとき、あるいは雨天で水平線も見えないようなときには、的艦を往々にして見逃した。

それがこの三年ほどでレーダーの性能が飛躍的に向上し、昭和一九年現在では、この夜間接触が朝めし前の仕事となっている。

しかし当時は、下手をすれば、機位を失うばかりか、操縦自体を誤りかねないので、帝国海軍はずいぶん貴重な犠牲を払っていた。

夜間接触機は、薄暮の視程が落ちるにつれて目標との距離を縮め、最後には的艦がつくる艦首波と艦尾波を頼りにする。幸いにしてこれらの波は夜光虫によってギラギラ光るため、それを目標にして距離を詰めてゆくのだ。

二機の接触機は型どおり「加賀」に接触し、その行動を逐一、攻撃隊に報告する。後れて鹿児島基地から発進した攻撃隊本隊は、その敵情報告にもとづいて攻撃の胸算用を立て、照明隊を分離先行せしめるのだ。

接触機は照明隊の近接を知ると、的艦の位置を正確に知らせるために「加賀」の真上まで進入して吊光弾を投下し始める。もはやこうなると、戦機はいよいよ熟し、「加賀」のほうでも大角度の変針や速力の増減によって、接触機を振り離そうとする。しかし照明隊は、接触機の投下した吊光弾によって「加賀」の位置を知り、攻撃隊本隊のちょうど反対側に占位してゆくのだった。

かたや攻撃隊指揮官は、吊光弾の投下によって的艦の位置、針路などを知り、編隊を誘導してゆくが、周囲はすでに暗く、「加賀」から攻撃隊を視認することはできない。

対する橋口隊長機からも「加賀」のすがたは見えないが、時々落とされる吊光弾を頼りに的艦との距離を測り、距離〝二万メートルに達した〟とみるや、橋口少佐は散開を命じた。

「突撃準備隊形を執れ（トツレ連送）！」

照明隊は六機、雷撃隊はすでに二一機となっており、雷撃隊の各機は、それまでの密集隊形から疎開隊形に移り、次の命令を待っている。的艦はいまだ見えないが、接触機の発する長波と吊光弾の灯りを頼りに、高度を徐々に下げながら的艦へ接近し続ける。

そして、まさしく隊長の判断ひとつだが、意を決した橋口少佐がついに命じた。

「全軍突撃せよ（ト連送）！」

接触機からは機を逸せず、的艦の針路、速力などが報告され、散開した各雷撃隊は、それに応じて接敵針路の修正を続ける。

突撃命令からまもなく、「加賀」の一側に、上空から降った花火の塊のような照明弾が、一列になって中空で輝き始める。

標的を捕捉していた照明隊が橋口隊長機の突撃命令に応じて、満を持して吊光弾の投下を開始したのだ。

その瞬間、雷撃隊の眼前に、「加賀」の巨体と二隻の駆逐艦が突如として、魔物のように浮かび上がった。

艦上でも見張り員が声を上げる。

「左四〇度に雷撃機在り、向かって来る！」

これを受け、艦長が大急ぎで命じる。

「取り舵いっぱい！」

艦は右へ傾きながら左へ急旋回する。

「右二〇度、雷撃機二機！」

「戻せ!!　ヨーソロー」

「面舵いっぱい！」

懸命の操艦で、「加賀」はどす黒い海面に白い泡を立てながら右へ左へ回避運動を続ける。


その数分前から、「加賀」の探照灯が攻撃隊へ向けて数十条の照射を続けていたが、雷撃隊はそれをものともせず、獲物に集るフクロウのように肉迫して来る。

光芒のなかに浮かび出た機影に向かって、対空砲が両舷からさかんに火を噴く。

が、魚雷は容赦なく投じられてゆく。

「右前方、敵機、魚雷発射！」

「左後方、魚雷発射！」

落ち着いた調子ではあるが、見張り員の報告が伝声管を通して冷徹に響いてくる。

「右四〇度、雷跡！」

「左後方に雷跡、近い！」

「面舵いっぱい、急げ!!」

演習では魚雷頭部に電灯がついており、的艦の艦底を通過するか否かで命中が判定される。

この夜の演習では、一六本の魚雷が「加賀」の巨体を縫うようにして、右から左に、左から右へその艦底を通過して行った。

演習とはいえ「加賀」の完敗だ。

「飛行機もなかなかやるな……」

南雲中将も満足げにうなずき、攻撃隊の勝利を認めたのである。

昭和一六年度・後半において加賀雷撃隊は、昼間で九〇～一〇〇パーセント、夜間でもおおむね七五パーセント程度の命中率を挙げるようになっていた。第一、第二航空戦隊の残る三空母の雷撃隊は「加賀」ほどではなかったが、それでも相当な腕を持っていたことはたしかである。すくなくとも海軍においては、ほかの航空隊の追随を許さず、帝国海軍で最優秀ということは〝世界一〟と断言して差し支えなかった。


レーダーが未発達な当時にこれだけ過酷な夜間雷撃訓練を繰り返していたのは世界広しといえども帝国海軍のみであり、米海軍の雷撃機はいまだTBDデヴァステイターが現役を続けていたのでとおく及ばないのも当然だった。

加賀雷撃隊の意志は受け継がれて、「加賀」の搭乗員を核にして昭和一八年一〇月に組織されたのが「夜襲攻撃隊」である。その雷撃隊員の多くが空母「加賀」の出身者であり、新たな対艦攻撃法として注目されていた反跳爆撃も、「加賀」の降下爆撃隊から隊員の多くが選出されていた。

昭和一八年当時はまだ、反跳爆撃は発展途上にあったが、「夜襲攻撃隊」の編制と同時に爆弾の研究改良も進められ、昭和一九年六月には信管をさらに改良した「四式五〇番八号」爆弾も完成していた。

反跳爆撃法に特化した対艦攻撃用の新型五〇〇キログラム爆弾だが、さらに帝国海軍は現在、同じく反跳爆撃に特化した八〇〇キログラム爆弾の改良にも取り組んでいた。

クェゼリン近海でおこなわれた四月の空母決戦以降、「夜襲攻撃隊」は実戦にはまったく参加しておらず、兵力の消耗を避けながら内地でずっと訓練を続けていた。

いや「夜襲攻撃隊」に限らず、母艦航空隊の練度を高水準で維持できたのは、ガ島争奪戦に深入りせず、米陸軍航空隊との航空消耗戦を徹底的に避けたことが大きかった。

その甲斐あって、「夜襲攻撃隊」は雷撃隊、反跳爆撃隊ともに、夜間演習時において七五パーセントの命中率を保持し続けることができ、万全の状態で本海戦に臨もうとしていた。

反跳爆撃は接敵法が雷撃ときわめて似通っている。六月に開発された「四式五〇番八号」爆弾の部隊配備と相まって、反跳爆撃隊の腕前もいよいよ向上し、雷撃隊と同等の命中率を挙げるようになっていた。

空母の建造数では到底〝米国に勝てない！〟と考えた山本五十六《やまもといそろく》はその不利を補うために、休戦期間中を利用して「夜襲攻撃隊」の組織化、戦技向上に最もちからを入れてきたのだ。

先に「夜襲攻撃隊」と一戦を交えた米海軍きっての知将レイモンド・A・スプルーアンス提督ならいざ知らず、演習とはいえ〝夜間攻撃で七五パーセントもの命中率を挙げる〟という「日の丸飛行隊」の辣腕《らつわん》ぶりは、ジョン・H・タワーズやアーサー・C・ディビスの干からびた想像力をはるかに越えていたのである。

4

一九四四年（昭和一九年）一二月四日・ハワイ現地時間で午後一一時五〇分――。

帝国海軍の第一、第二機動艦隊は、予定どおり軍を進め、オアフ島の西南西およそ二五〇海里の洋上に達していた。

攻撃隊の出撃準備はもはや完了しており、オアフ島空襲の任務をおびた攻撃機は空母九隻の飛行甲板上ですでに待機している。

第二機動艦隊の搭乗員は夜に出撃するには若干練度が低いため、攻撃機はすべて第一機動艦隊の母艦から発進してゆく。

角田中将が発進を命じると、母艦九隻は風上へ向けて一斉に速力二四ノットで疾走し始めた。

基地空襲部隊／目標・オアフ島各飛行場

第一航空戦隊　司令官　角田中将直率

・空母「翔鶴《しょうかく》」　彗星三、天山三

・空母「瑞鶴《ずいかく》」　彗星三、天山三

第二航空戦隊　司令官　松永《まつなが》貞市《さだいち》中将

・装空「信濃《しなの》」　彗星九、天山九

第三航空戦隊　司令官　草鹿《くさか》龍之介《りゅうのすけ》中将

・空母「赤城」　彗星三、天山三

・空母「天城《あまぎ》」　天山六

・空母「葛城《かつらぎ》」　天山六

第四航空戦隊　司令官　上野《うわの》敬三《けいぞう》中将

・空母「加賀」　彗星九、天山九

・空母「飛鷹《ひよう》」　彗星三、天山三

・空母「隼鷹《じゅんよう》」　彗星三、天山三

※彗星、天山ともすべて三二型

基地空襲部隊の兵力は彗星三二型三三機、天山三二型四五機の計七八機。

旗艦「大鳳」は攻撃機を発進させない。

天山のうちの一八機は照明隊として参加し、残る彗星三三機と天山二七機が爆撃隊として出撃してゆく。爆撃隊の彗星は五〇〇キログラム陸用爆弾一発ずつを搭載し、同じく天山は二五〇キログラム陸用爆弾二発ずつを搭載している。

空中指揮官は市原辰雄《いちはらたつお》少佐（海兵六〇期卒）が務め、市原少佐は水平爆撃隊の天山二七機を直率して空母「加賀」から発進して行った。

これら攻撃機が発進しているさなかにちょうど日付けが一二月五日に変わり、全七八機が上空へ舞い上がったとき、時刻は午前零時二分になろうとしていた。


「全機、遅滞なく発進いたしました。オアフ島上空への到達はおよそ一時間半後、午前一時三〇分ごろとなります」

旗艦・装甲空母「大鳳」の艦橋で航空参謀の奥宮中佐がそう報告すると、角田中将と柳本少将はそろってうなずいた。

七八機という攻撃機数は決して多いとはいえないが、とりあえずオアフ島各飛行場の復旧作業を妨害することが目的だ。

主敵はあくまで米軍機動部隊であり、基地攻撃にあまり多くの攻撃機を割《さ》くことはできない。ヒッカム、ホイラーなどの主要基地に対しても、爆弾を三〇発もねじ込めば、復旧作業妨害の目的は充分に達成できると思われる。

米軍各飛行場に対する攻撃計画は以下のようになっていた。

基地空襲部隊　空中指揮官　市原辰雄少佐
・第一空襲隊→ホイラー飛行場
　照明／天山六、爆撃／彗星九、天山一二
・第二空襲隊→ヒッカム、フォード島飛行場
　照明／天山六、爆撃／彗星九、天山一二
・第三空襲隊→エヴァ、バーバース岬飛行場
　照明／天山三、爆撃／彗星六、天山三
・第四空襲隊→カネオへ、ベローズ飛行場
　照明／天山三、爆撃／彗星九

攻撃隊は敵のレーダー探知を避けるため、途中から低高度でオアフ島へ接近してゆく。その負担をすこしでも減らすために第一機動艦隊はオアフ島の西南西・約二四〇海里の洋上まで前進し、そこで遊弋《ゆうよく》し始めた。

ところが、午前一時一〇分ごろに予期せぬ事態が発生した。オアフ島をめざして飛んでいた基地空襲部隊が、同島の手前およそ四五海里の上空で米軍飛行艇とすれ違い、そのことを通報されてしまったのだ。

市原少佐はそのとき基地空襲部隊の飛行高度を三〇〇メートルに執っていたが、そのカタリナ飛行艇は暗闇にもかかわらず、下方をゆく日本軍機の集団に気づいてまもなく発信、味方全軍へ向けて『敵機多数がオアフ島へ向かう！』と打電したのだった。

この情報を最も欲していたのは、オアフ島の南南東洋上で西進を自重していた、タワーズ大将の第五艦隊司令部だった。

――すわっ！　敵空母艦隊がオアフ島へ向けて艦載機を放ったぞ！

　そう直感するや、タワーズ大将はディビス参謀長と顔を見あわせてうなずき、機動部隊をふくむ麾下全艦艇に対して、速力二五ノットでただちに西進（微北）するように命じた。

　むろん、日本軍空母艦隊との距離を二〇〇海里以内に縮め、夜明けと同時に艦載機を放って、日本の空母群に〝全力攻撃を仕掛けよう〟というのである。

　いっぽう〝敵飛行艇に発見された！〟と悟った市原少佐は俄然一八〇ノットから二三〇ノットへの増速を命じ、基地空襲部隊の飛行高度を一気に三〇〇〇メートルまで引き上げた。

　市原隊長機を先頭に、七八機の攻撃機が一気にオアフ島上空へ殺到してゆく。が、カタリナ飛行艇からの通報を受けて、地上の米兵は復旧作業を中止し、一部の機を上空へ退避させていた。

　午前一時二二分。基地空襲部隊は予定より数分はやく各飛行場の上空へ到達し、照明弾を投下して果敢に爆撃を開始した。

　米軍各飛行場は再び日本軍機の猛爆撃によって蹂躙されたが、とくにホイラー基地上空では数機の米軍戦闘機が舞い上がっており、日の丸飛行隊も敵戦闘機からかなりの反撃を受けた。

　しかし米側も、大急ぎで機を上空へ退避させたため、夜間戦闘機だけを選んで発進させるような余裕はなかった。日本軍機の猛攻をおよそ阻止することはできず、ヒッカム、ホイラーなどの主要飛行場が再び猛火に包まれた。

　いや、エヴァ飛行場やカネオへ飛行場なども容赦なく爆撃を受け、地上の米兵は復旧作業を中止せざるをえなかった。日本軍機の猛攻はそれから三〇分ちかくにわたって続いた。

そして、午前一時五五分にすべての日本軍機が上空から飛び去ったとき、オアフ島の米軍飛行場はいずれも手痛い打撃を受け、滑走路は再び破壊された機の残骸であふれ、足の踏み場もないほどの状態となっていた。

全壊した機は一〇〇機以上に及び、これまでに修理を終えた機をふくめても、飛行可能なものはおよそ八〇機となっていた。

しかし、日本軍・基地空襲部隊も決して無傷ではなく、基地の対空砲火と米軍戦闘機の迎撃によって、彗星五機と天山八機の計一三機をオアフ島上空で撃墜されていた。

いや、それだけではない。日本軍攻撃隊は母艦へたどり着くまでにさらに四機を失い、母艦収容後も四機が再発進不能と判定されて、結局全部で二一機を失うことになる。

しかも、午前二時五〇分過ぎには、先に基地空襲部隊とすれ違ったカタリナ飛行艇が、第一、第二機動艦隊の上空へ飛来して照明弾を投下。帝国海軍空母群も、その行動を敵にすっかり暴露してしまった。

米軍機動部隊は着実に西進し、第一、第二機動艦隊の方へ近づきつつある。

そして、基地の米軍もさらに三機のカタリナ飛行艇を飛行可能な状態に修復しており、午前三時の時点で、八機のＰＢＹがオアフ島の南西方面を索敵飛行中だった。

それら飛行艇八機が交替で第一、第二機動艦隊の上空へ近付き、洋上のタワーズ司令部へ報告を入れてゆく。

けれども、米軍機動部隊の西進は角田司令部としても〝望むところ！〟だった。

――敵が〝ねぎを背負って〟こちらへ近づきつつある！

角田中将や柳本参謀長はそう考えていた。

なぜなら、前日（四日）の午後五時にジョンストンの水上機基地から追加で飛び立っていた八機の二式飛行艇は、四日の午後九時過ぎにはすべてハワイ近海へ来援しており、これでオアフ島の南方上空で米艦隊の監視に当たっている二式大艇は全部で一七機となっていた。

帝国海軍は米空母群の監視にもはや一七機もの二式大艇を必要とせず、艦隊直掩ヘルキャットの迎撃によって被弾したものや、ガソリンの残量に不安の出てきたものは、ひと足早くジョンストン基地へと引き揚げて行った。

五機が引き揚げ、残る二式飛行艇は五日・午前三時の時点で一二機となっている。

そしてなにより、計器飛行に長けた一二機の二式飛行艇は、全機が「空八号」レーダーを装備しており、三年前には命懸けで実施していた〝夜間接触機〟の役割を軽々とこなしている。

角田司令部にはそれら一二機から、西進しつつある米軍機動部隊に関する情報が手に取るように逐一報告されていた。

いや、それだけではない。第二機動艦隊の二空母からは午前二時を期して計一二機の天山も飛び立ち、東方へ向けての索敵を開始していた。

まさに水も漏《も》らさぬ万全の索敵だが、第一機動艦隊は基地空襲部隊を収容するために、オアフ島の西南西およそ二四〇海里の洋上で遊弋し続けており、午前三時一〇分の時点で米軍機動部隊との距離はおよそ二四五海里に縮まっていることがわかっていた。

午前三時三〇分ごろには、オアフ島を空襲した基地空襲部隊の攻撃機が、順次、第一機動艦隊の上空へ帰投して来る。

そして今や、第一機動艦隊は「夜襲攻撃隊」の攻撃圏内に米空母群を捕捉していたが、日本の空母は〝夜間飛行が可能な艦載機の約半数を基地攻撃に差し向けた！〟と信ずるタワーズやディビスは、大した危機感も持たずに第一機動艦隊の方へいそいそと軍を進めていた。

彼らがオアフ島を防衛するには果敢に空母決戦を挑み、日本軍空母艦隊をハワイ近海から退けるしかなかったのである。

ただし、マッカーサー軍にブーゲンヴィル島への上陸をゆるしたからには、いまから始まる空母決戦は、帝国海軍にとっても〝背水の陣〟にちがいなかった。

第二章　第二次「布哇沖海戦」

1

昭和一九年（一九四四年）一二月五日・ハワイ現地時間で午前三時二〇分——。

米軍機動部隊の監視に当たっていた夜間接触機の二式大艇一機から米空母群との距離が〝二四〇海里に縮まった！〟との知らせが入ると、第一機動艦隊司令長官の角田覚治中将は、第一波・夜襲攻撃隊に対して、躊躇なく発進を命じた。

第一波・夜襲攻撃隊　指揮官　北島一良少佐
装空「大鳳」／天山（一二型）一八
空母「翔鶴」／彗星（三三型）二四
空母「瑞鶴」／彗星（三三型）二四
装空「信濃」／天山（一二型）六
他の六空母／彗星（五二型）三×六＝一八

第一波・夜襲攻撃隊の兵力は天山二四機、彗星四八機、夜戦型・彗星一八機の計九〇機。

天山はすべて航空魚雷を装備し、彗星のうちの一八機が零式吊光照明弾六発ずつ、残る三〇機が反跳爆撃用の新型爆弾「四式五〇番八号」一発ずつを装備している。

搭乗員はみな、相当な訓練を積んでおり、夜の発艦はお手のものだ。

旗艦の装甲空母「大鳳」をはじめ、一〇隻の母艦はすでに風上へ向けて疾走しており、午前三時二〇分に発進の命令が下りると、先頭で待機中の攻撃機が一斉に発艦を開始した。

そして午前三時二〇分を過ぎると、オアフ島を空襲した「基地空襲部隊」の攻撃機が早くも艦隊上空へ帰投し始め、第三、第四航空戦隊の空母六隻「赤城」「天城」「葛城」「加賀」「飛鷹」「隼鷹」は、夜間戦闘機型の彗星（五二型）三機ずつを発進させるや否や、そのまま続けて帰投機の収容を開始した。

かたや、一、二航戦・四空母の艦上も〝大いそがし〟となっている。とくに第一航空戦隊・三空母「大鳳」「翔鶴」「瑞鶴」の飛行甲板上には、最初から三六機ずつの攻撃機が上げられており、そのなかには第二波の攻撃機もふくまれていた。

第一波の攻撃機は午前三時三二分に全機が上空へ舞い上がったが、それと同時にこれら三空母の飛行甲板には、残る第二波の攻撃機も続々と格納庫から上げられ、午前三時五〇分には、搭乗員らを急き立てるほどの早業で第二波・夜襲攻撃隊の発進準備も完了した。

第二波・夜襲攻撃隊　指揮官　伊吹正一《いぶきしょういち》少佐
装空「大鳳」／彗星一八、夜戦三
空母「翔鶴」／天山二四、夜戦三
空母「瑞鶴」／天山二四、夜戦三
装空「信濃」／彗星六、夜戦三
※彗星、天山は三二型、夜戦は彗星五二型

第二波・夜襲攻撃隊の兵力は彗星二四機、天山四八機、夜戦型・彗星一二機の計八四機。

第二波も天山はすべて航空魚雷を装備し、彗星のうちの一八機が零式吊光照明弾六発ずつ、残る六機が「四式五〇番八号」爆弾一発ずつを装備している。

そして午前三時五〇分に、四空母の艦上から第二波攻撃隊が発進を開始すると、そのころにはもう、残る三、四航戦の六空母は、帰投機の収容をすっかり終えようとしていた。

結局、オアフ島攻撃から生還して来たのは彗星二五機、天山三六機の計六一機だったが、そのうちの彗星一機と天山三機の計四機が再発進不能の状態におちいっていた。

つまり、「基地空襲部隊」は二一機の損害機を出して五七機が再出撃可能な状態で帰投して来たわけだが、午前四時五分には第二波・夜襲攻撃隊もその全機が滞りなく発進を完了。五日・午前四時過ぎのこの時点で、第一、第二機動艦隊の母艦一五隻・艦上に残された艦載機は以下のとおりとなっていた。

第一機動艦隊　司令長官　角田覚治中将
・第一航空戦隊　司令官　角田中将直率
装空「大鳳」　陣改四二機のみ
空母「翔鶴」　陣改二七機のみ
空母「瑞鶴」　陣改二七機のみ
・第二航空戦隊　司令官　松永貞市中将
装空「信濃」　現存機数・計八一機
（陣改四五、彗星一八、天山一八）
航戦「伊勢《いせ》」　現存機数・計二四機
（補充用／陣改一二、彗星六、天山六）
航戦「日向《ひゅうが》」　現存機数・計二四機
（補充用／陣改一二、彗星六、天山六）

・第三航空戦隊　司令官　草鹿龍之介中将
空母「赤城」　現存機数・計七八機
（陣改三六、彗星一八、天山二四）
空母「天城」　現存機数・計六九機
（陣改三三、彗星一八、天山一八）
空母「葛城」　現存機数・計六九機
（陣改三三、彗星一八、天山一八）
・第四航空戦隊　司令官　上野敬三中将
空母「加賀」　現存機数・計七五機
（陣改三〇、彗星一八、天山二七）
空母「飛鷹」　現存機数・計五七機
（陣改三〇、彗星一八、天山九）
空母「隼鷹」　現存機数・計五七機
（陣改三〇、彗星一八、天山九）
※陣改は陣風《じんぷう》一一型、彗星、天山は三二型

第二機動艦隊　司令長官　大西《おおにし》瀧治《たきじ》郎《ろう》中将
・第五航空戦隊　司令官　大西中将直率
空母「雲龍」　現存機数・計六五機
（陣改二六、彗星一八、天山一八、艦偵三）
軽空「祥鳳」　現存機数・計二六機
（陣改一五、彗星八、天山三）
軽空「龍鳳」　現存機数・計二六機
（陣改一五、彗星八、天山三）
※彗星、天山は三二型、艦偵は二式艦偵

夜襲攻撃隊は、おもに一航戦の空母三隻から発進し、少数が二航戦の空母「信濃」から発進して行った。そのため、「大鳳」「翔鶴」「瑞鶴」の艦上には陣風改しか残されておらず、「信濃」の艦上に残された機もその大多数を戦闘機の陣風改が占めていた。

　そして、昼間攻撃の牽引役となるべき江草隆繁少佐と村田重治少佐は、二人とも「信濃」艦上で出撃の時を待っている。

　あと小二時間ほど・午前五時五五分ごろには空が白み始め、午前六時二五分には日の出を迎えるので、ここは矢継ぎ早に攻撃隊を放ち、ぜひとも攻撃をたたみ掛けるべきだった。

　以後は第二機動艦隊の艦載機も参加して全力攻撃を仕掛ける。二隻の航空戦艦を除いて第一、第二機動艦隊の艦上に残る航空兵力は陣風改三八九機、彗星一六〇機、天山一四七機、二式艦偵三機の合計六九九機。

　兵力に不足はない。が、オアフ島攻撃から帰投して来た攻撃機にあらためて兵装作業をおこなう必要があるため、攻撃隊の出撃準備に今しばらく時間が必要だった。

「第一波攻撃隊は午前四時五〇分ごろ、第二波攻撃隊は午前五時四〇分ごろに発進準備を完了する予定です！」

　航空参謀の奥宮正武中佐はそう報告したが、その言葉どおり、午前四時五〇分にはまず、第一波攻撃隊の出撃準備がととのった。

第一波攻撃隊　指揮官　江草隆繁少佐

・第一機動艦隊
①装空「大鳳」　陣風改九
①空母「翔鶴」　陣風改九
①空母「瑞鶴」　陣風改九
②装空「信濃」　陣風改一五、彗星一八
③空母「赤城」　陣風改九、天山二四
③空母「天城」　陣風改九、天山一八
③空母「葛城」　陣風改九、天山一八

④空母「加賀」　陣風改九、彗星一八
④空母「飛鷹」　陣風改六、彗星一八
④空母「隼鷹」　陣風改六、彗星一八
・第二機動艦隊
⑤空母「雲龍」　陣風改六、天山一八
⑤軽空「祥鳳」　陣風改六、彗星八
⑤軽空「龍鳳」　陣風改六、彗星八
※○数字は各航空戦隊を表わす

第一波攻撃隊の兵力は、陣風改一〇八機、彗星八八機、天山七八機の計二七四機。

空中指揮官は江草隆繁少佐である。第一波が発進を開始したころにはもう、米軍機動部隊との距離は二二〇海里以下に縮まっており、第一波・夜襲攻撃隊の隊長機はすでに突撃命令（ト連送）を発していた。

米空母群の正確な位置はわかっている。

空はまだ暗いが、第一波攻撃隊の発進は順調に進み、その全機が午前五時五分までに上空へ舞い上がった。

けれども、各母艦に息を吐いているような暇はない。今ごろ夜襲攻撃隊の第一波が米空母群に猛攻を仕掛けているはずだが、その戦果を拡大するためにも、また、いま握っている先手を逃さぬためにも、立て続けに第二波攻撃隊を放ち、勝利を決定付ける必要があった。

第二波攻撃隊　指揮官　村田重治少佐
・第一機動艦隊
①装空「大鳳」　陣風改九
①空母「翔鶴」　陣風改九
①空母「瑞鶴」　陣風改九

②装空「信濃」　陣風改一二、天山一八
③空母「赤城」　陣風改九、彗星一八
③空母「天城」　陣風改九、彗星一八
③空母「葛城」　陣風改九、彗星一八
④空母「加賀」　陣風改三、天山二七
④空母「飛鷹」　陣風改九、天山九
④空母「隼鷹」　陣風改九、天山九
・第二機動艦隊
⑤空母「雲龍」　陣風改九、彗星一八
⑤軽空「祥鳳」　出撃機なし
⑤軽空「龍鳳」　出撃機なし
※○数字は各航空戦隊を表わす

第二波攻撃隊の兵力は陣風改九六機、彗星七二機、天山六三機の計二三一機。空中指揮官は雷撃の神様・村田重治少佐だ。

第二波攻撃隊の出撃準備も予定どおり午前五時四〇分にととのい、その全機が午前五時五五分には飛び立って行った。

空はほんのり白み始めており、第二波攻撃隊は東（微南）へ向け、意気揚々と進撃してゆく。

そして角田、大西両中将が出撃を命じた攻撃機の総数は、夜襲攻撃隊の所属機もふくめると、全部で六七九機に達していた。

先の空母決戦をも上まわる記録的な大飛行隊となったが、米軍機動部隊の反撃に備えて両中将は手元に一八五機の陣風改を残し、さらに米潜水艦の出現に備えて軽空母二隻の艦上に六機の天山を残しておいた。

いや、航空戦艦「伊勢」「日向」艦上の予備機もふくめると、防空用に残された陣風改は二〇〇機を超えて〝二〇九機〟となっていた。

また、対潜哨戒機がわずか六機では心もとないが、〝いざ！〟となれば、同様に航空戦艦搭載の彗星、天山も上空へ飛び立てる。

さらに、陣風改は対潜攻撃にも使えるし、未明に索敵に出していた一二機の天山も両艦隊近くの上空まですでに舞いもどっていた。

こうして帝国海軍の〝矢〟は、午前六時までにすっかり放たれたのである。

2

マーク・A・ミッチャー中将の第五八機動部隊はオアフ島の南（微西）・約一三〇海里の洋上をめざしてひたすら疾走していた。

その空母群・中央に陣取る戦艦「ミズーリ」には、もちろんタワーズ大将が座乗している。

時刻は午前四時三〇分になろうとしており、ミッチャー自身は第二空母群に所属するエセックス級空母「ワスプⅡ」に将旗を掲げていた。

めざすオアフ島南方洋上へ到達すれば、日本の空母群を味方艦載機で攻撃可能な二〇〇海里圏内に捉《とら》えることができる。午前五時五〇分過ぎには夜明けを迎えるが、そのおよそ二〇分前の午前五時三〇分には、なんとしても目的地洋上へ達しておきたいところだった。

そのために第五八機動部隊は速力二五ノットで西進、なおも疾走を続けていたが、日本軍空母艦隊との接触に成功していた一機のカタリナ飛行艇が、先ほど、敵空母群との距離は現在〝二二五海里に縮まりつつある〟と報じてきたので、ミッチャー提督はその報告に、大きく〝よし！〟とうなずいていた。

――残り時間はあとちょうど一時間！　このまま二五ノットで西進し続ければ、午前五時三〇分には、日本の空母群を〝ぴったり二〇〇海里〟の距離で捉えられる！

待望の時は迫っていた。攻撃したくてうずうずしていたミッチャーはそう確信するや、第五八機動部隊参謀長のアーレイ・A・バーク准将に対して、あらためて命じた。

「夜明けを期して敵空母群に攻撃を仕掛ける。攻撃隊の出撃準備を午前五時に開始せよ！」

バークも強く攻撃を進言していたのでもちろん異存はなく、ミッチャー中将の命令は、ただちに麾下全空母に伝えられた。

ところが、それから二分と経たずして異変が起きた。機動部隊周辺にまとわり付いていた日本軍飛行艇が次々と照明弾を投下し始めたのだ。

ミッチャーやバークは一瞬おどろいたが、じつは、角田中将の放った「夜襲攻撃隊」の第一波が米軍機動部隊の四五海里ほど手前（西方）の上空まですでに迫っており、それら「夜襲攻撃隊」へ米空母群のおおよその位置を知らせるために夜間接触機の二式飛行艇が今、次々と照明弾を投下し始めたのだった。

そして、第一波・夜襲攻撃隊を率いる北島一良少佐は、はるか彼方・東の空で、ほんのりと〝にわかに明るみが差した！〟という変化を、決して見逃さなかった。

そのおかげで北島は、米艦隊のだいたいの位置を知ることができ、なおも上昇せずに低い高度で飛び続けることができた。

いっぽう、敵飛行艇に取り付かれているということは、ミッチャーももちろん承知していた。

それら日本軍飛行艇が〝こしゃくにも照明弾を投下したのだ……〟とすぐに気づいたが、これでいよいよ警戒感を強めたバークは、俄然ミッチャーに進言した。

「すべての夜間戦闘機を直掩に上げるべきではないでしょうか?」

なるほど、バークの言うとおりだった。

これまでにも日本軍飛行艇は幾度となく照明弾を投下していたが、今回は目立ってその数が多かった。それに過去にはミッチャーも、日本軍機の夜間攻撃によって空母「タイコンデロガ」や「ベニントン」を傷付けられていた。

それら数ヵ月前と比べて夜戦型ヘルキャットの数は大幅に増やされていたが、ここは攻撃機の兵装作業を安全におこなうためにも、すべての夜間戦闘機を直掩に上げておくべきだった。

「ああ、もっともだ。夜戦型ヘルキャットの全機に発進を命じてもらおう」

命令はすぐに伝わり、午前四時三四分にはエセックス級空母八隻の艦上から夜戦型ヘルキャットが一斉に発進を開始した。が、それから一分と経たずして再び日本軍飛行艇が照明弾を立て続けに投下、機動部隊上空がまるで真昼のような明るさとなった。

そして、それからしばらくすると、情報参謀がこれ以上ないほどの大声で報告した。

「レーダーに反応あり! 西方から敵機編隊が急速接近中! その数およそ七〇機、いや、全部で一〇〇機ちかくいます。……敵機はあと八分ほどで、わが上空へ進入して来ます!」

時刻は午前四時三六分を過ぎていたが、夜間戦闘機の約半数がいまだ艦上に残っていた。

　しかも、日本軍の夜間攻撃隊が本格的に来襲したとなると、「ＡＳＢ‐１」レーダーを装備したアヴェンジャー雷撃機も同時に上空へ舞い上げる必要がある。

　夜戦型ヘルキャットは全部で四八機だから、それを支援するためのアヴェンジャーも二四機は必要だった。幸い、レーダー装備のアヴェンジャーも各エセックス級空母の飛行甲板ですでに待機していたが、それら全機を舞い上げるのに、さらに四分ほど掛かった。

　時刻は午前四時四〇分になろうとしている。

　レーダー探知が後れミッチャー空母群はあきらかに後手にまわされていたが、それでもまだ救いはあった。敵機の投じた照明弾のおかげで周囲が明るく、ヘルキャットはアヴェンジャーの支援をさほど必要としなかったのだ。

　先行して飛び立ったヘルキャット隊がほどなくして敵機編隊を発見。来襲した日本軍機の群れに二〇機以上のヘルキャットがたちまち取り付いたが、いかんせん迎撃距離が短かった。

　日本軍攻撃隊はもはやミッチャー空母群の手前およそ一五海里の上空まで迫っており、さしものヘルキャットといえども波状攻撃を仕掛けるのはむつかしかった。

　それでもヘルキャット隊は果敢に突入、まず敵機群に足止めを喰らわせて、後発したヘルキャット隊の応援を受けつつ一〇機を撃墜、さらに四機の日本軍機を戦場から離脱させた。

　しかしそのときにはもう、照明隊の彗星一八機は高速で米空母群の東方へまわり込んでおり、夜襲攻撃隊・第一波隊長の北島少佐は午前四時四五分に突撃命令を発した。

「全軍、突撃せよ！『トトトトトッ！』」

接触機の二式飛行艇からは米空母の数や陣容に関する情報が事前に伝えられており、すでに北島少佐は、このとき、最も北西寄りで行動していた米空母の一群に狙いを定めていた。

じつは第一波・夜襲攻撃隊から目標にされたのは、フレデリック・C・シャーマン少将の率いる第三空母群だった。

そして、北島機が突撃命令を発するや、そこへさらに接触機から狙う第三空母群の針路、速力などが事細かに報告され、各雷撃隊、各反跳爆撃隊はその報告を頼りに散開、低空へ舞い降りながら猛然と突入を開始した。

照明隊はすでに第三空母群の北側から進入を開始しており、北島機の突撃命令を受けて、たった今、吊光弾の投下を開始した。

それらが次々と発火。シャーマン第三空母群の東側一帯で吊光照明弾が一列になって中空に浮かび、煌々《こうこう》と輝き始めた。

その瞬間、雷撃隊や反跳爆撃隊の眼前に、狙うべき米空母、大小あわせて〝四隻〟がはっきりと浮かび上がった。

――よし！　接触機の報告どおり大型のヤツは二隻いるぞ！

各中隊長はそう確信すると、先を争うようにして〝ツ連送〟を発し、狙う大型空母へ向けていよいよ突入を開始した。狙われたのは空母「エセックス」と「ベニントン」だった。

すでに彗星や天山の多くが低空飛行に入っていたが、そうは〝させじ！〟とヘルキャットの一群がきびすを返し、攻撃隊の後方からなおも執拗に追撃して来る。

はたして、速力はやはり断然、戦闘機のほうが上だった。彗星や天山はあと〝もうひと息！〟というところで遭えなくヘルキャットに喰い付かれてしまった。

米軍パイロットもみな空母を救おうと必死の形相だ。一二機のヘルキャットが攻撃隊の後上方から迫り、渾身の一撃を仕掛けて来る。じつに鬼気《きき》迫る攻撃だが、憎きグラマンが一斉に射撃を開始したのと同時に、突如として〝後方へ向けられた二〇ミリ〟が火を噴き、なんと攻撃隊は、たちまち四機のヘルキャットを見事、返り討ちにしていた。

じつはヘルキャットが日本軍攻撃隊の後方から迫ったことが失敗だった。雷撃隊や反跳爆撃隊の直上には計一八機の彗星「五二型」が護衛に張り付いていた。

そうとは知らず不用意に後ろから迫ったヘルキャット隊のうちの四機が、彗星五二型が装備する二〇ミリ旋回機銃から格好の餌食にされ、何十発もの弾丸を一気に喰らって、空中分解して果てたのだった。

いや、それだけではない。

ヘルキャット隊にとって二〇ミリによるこの反撃はまったく予想することができず、さらに別のヘルキャット四機も撃墜こそまぬがれたものの大打撃をこうむり、戦闘継続がおよそ困難な状態に追い込まれていた。

とはいえ、第一波・夜襲攻撃隊も、グラマンのこの猛追によって彗星二機を撃ち落され、いよいよ投弾を開始しようとしたその刹那に、米艦艇の撃ち掛ける猛烈な対空砲火にさらされて、さらに彗星五機と天山六機を失った。

彗星や天山はインテグラルタンクの縮小により機体がかなり強化されていたが、VT信管による米艦艇の対空砲火はそれを凌ぐほど、より強力になっていたのだ。

第一波・夜襲攻撃隊は結局、攻撃を開始するまでに彗星一五機、天山一二機の合わせて二七機を失い、投弾の位置に就くことができたものは雷撃隊の天山が一二機、反跳爆撃隊の彗星も一五機にまでその数を減らしていた。

決死の思いで猛烈な対空砲火をくぐり抜け、彗星、天山が次々と爆弾や魚雷を投じてゆく。

狙われた「エセックス」と「ベニントン」はすでに三〇ノット以上の高速で疾走しており、まもなく左右へ分かれて大回頭に入った。が、投弾の位置に就いた帝国海軍の荒鷲たちは狙う米空母から決して眼を放さない。

しかし演習とはちがって、狙う空母の周囲をあまたの敵艦が取り囲んでいる。数えきれないほどの光芒が海の上を這うように錯綜《さくそう》。行き交う護衛の巡洋艦や駆逐艦が盾となって、日本軍攻撃隊の狙いを執拗に妨げた。

しかも、夜戦型のグラマンがなおも後方から迫りつつある。

進入に成功した二七機の攻撃機は、それら敵戦闘機から喰い付かれる前になんとか投弾を終えたが、とても七五パーセントの命中率を挙げることはできなかった。

けれども、「エセックス」の右舷舷側に最初の爆弾が命中すると、その直後に「ベニントン」の左舷にも爆弾一発が命中。それを皮切りにして大型空母二隻の舷側から、巨大な水柱が次々と噴き上がった。

はたして、攻撃は一〇分ほどで終了し、昇った水柱の数は全部で五本をかぞえた。

撃ち破られた舷側から大量の海水が流入したにちがいなく、大型空母二隻の行き足がみるみるうちにおとろえてゆく。

結局、空母「エセックス」には五〇〇キログラム爆弾一発と魚雷一本が命中し、空母「ベニントン」にも五〇〇キロブラム爆弾一発と魚雷二本が命中して、両艦ともたちまち大破にちかい損害をこうむった。

いや「エセックス」には、じつは新型の五〇〇キログラム爆弾もう一発が命中。第一波・夜襲攻撃隊は計六発の命中弾を得て二二パーセントの命中率を計上したといってよかったが、その「四式五〇番八号」爆弾一発は惜しくも不発に終わっていた。

その不発弾を除けば、命中率は〝一八・五パーセント〟ということになる。

実戦での命中率は、演習時のわずか四分の一に過ぎなかったが、それでも空母「エセックス」の速力を一二ノットまで低下させて一時、戦闘力を奪い、空母「ベニントン」の速力をわずか七ノットに低下させて同艦から航空母艦としての機能を完全に奪い去っていた。

「エセックス」は第三空母群の旗艦でシャーマン少将が座乗している。座乗艦の「エセックス」はおよそ一時間で戦闘力を回復し、復旧後は〝速力二二ノットでの航行が可能になる！〟と報告されたが、僚艦の「ベニントン」は復旧作業に、より手間取っていた。

魚雷二本を喰らった「ベニントン」は左へ大きく傾斜している。

爆弾も同じく左舷側に命中しており、同艦は沈没こそまぬがれたものの、復旧後も速度が一五ノット以上に上がらず、艦載機の発着艦が不可能なほど船体が傾いてしまっていた。

時刻は午前五時一八分になろうとしている。

第一波・夜襲攻撃隊を率いる北島少佐はまもなく引き揚げを命じ、旗艦「大鳳」へ向けて〝大型空母二隻を撃破！〟と報じた。

上空から一旦、日本軍機が飛び去ったのはよかったが、ミッチャー空母群にひと息吐いているようなヒマはまったくなかった。

伊吹正一少佐の率いる第二波・夜襲攻撃隊がはやくも米空母群の手前およそ二〇海里の上空まで迫っており、機動部隊の旗艦「ワスプⅡ」の艦橋では、参謀の一人が声を大にして、ミッチャーに報告していた。

「敵機・第二群が来襲！　あと六分、いや、あと五分ほどでわが上空へ進入して来ます！」

彼がそう報告したとき、第二波・夜襲攻撃隊はすでに速度を上げて上昇し、その速力はもはや時速二四〇ノットに達しようとしていた。

急いで迎撃に向かうよう夜間戦闘機隊に緊急命令が出されたが、上空を護るヘルキャットの数は今や三八機となっていた。

しかも、彼らヘルキャット隊が大急ぎで西方上空へ取って返したとき、新手の日本軍攻撃隊はすでに機動部隊の手前およそ一〇海里の上空にまで迫っていた。

ジョンストン発進の二式飛行艇はいまだ米艦隊近くの上空でねばっており、それら大艇が時折り照明弾を投下、そのおかげで伊吹少佐もまた、難なく敵艦隊の全容をつかむことができた。

手前に見える空母群はもはや陣形が大きく乱れており、大型空母二隻の速度はあきらかに低下している。

――よし！　第一波の攻撃が成功し、これら大型空母二隻にかなりの手傷を負わせたのにちがいない！

時折り明滅する、稲光《いなびかり》のような照明弾の明るみのなかで、そう判断すると、伊吹は列機を率いてさらに東進、眼下の洋上に卒なく新たな空母群を発見した。

きれいな輪形陣を維持したまま伊吹機のゆく手で西へと急いでいたのは、アーサー・W・ラドフォード少将が指揮を執る第四空母群の空母三隻だった。空母「ハンコック」「ランドルフ」および軽空母「モントレイ」の三隻で、ラドフォード少将は空母「ハンコック」に座乗していた。

むろん伊吹には、敵空母の艦名まではわからないが、こちらにも大型空母二隻がふくまれていたので、およそ攻撃するのにふさわしい垂涎《すいぜん》の的にちがいなかった。

そう認めるや、伊吹は迷うことなく攻撃を決意し、午前五時二五分に〝ト連送〟を発した。

「全軍、突撃せよ！『トトトトトッ！』」

それはよかったが、さらに東へ一〇海里ほど足を延ばしたため、その間、敵戦闘機の攻撃を受け続け、突入を開始するまでに彗星四機と天山七機を撃墜された。いや、それだけではない。さらに二機の天山が敵艦隊上空からの離脱を余儀なくされており、第二波攻撃隊もまた、突入を開始する前にかなりの兵力を減殺されてしまった。

が、無傷の敵空母を攻撃するには、これはどうしても避けることのできない損害だった。

撃ち落された彗星のうちの三機は照明隊で、伊吹自身は反跳爆撃隊の彗星五機を直率しながら高度を下げてゆく。照明隊の彗星はこの時点で残り一五機となっており、彼らは高度を維持したまま狙う空母群の後方へまわり込み、すでに北側から進入を開始していた。

かたや雷撃隊は九機が脱落し、その兵力は今や三九機となっている。彗星、天山を合わせて残る攻撃兵力は四四機だ。

するとまもなく照明隊が吊光弾の投下を開始して、狙う大型空母二隻の艦影がくっきりと海上に浮かび上がった。

第二波・夜襲攻撃隊は、反跳爆撃隊、第一雷撃隊、第二雷撃隊の三隊に分かれて、すでに低空へ舞い降りている。その上空を夜間戦闘機に改造された彗星五二型が広くカバーしていた。

狙う米空母二隻はもはや指呼《しこ》の間《かん》に迫っていたが、敵の猛烈な対空砲火にさらされて、攻撃隊はさらに天山八機を失い、今また彗星二機と天山三機を失った。

しかし、さしものヘルキャットも第一波への攻撃で懲りたのか、低空へ舞い降りた日本軍攻撃機には、もはや手出しをして来ない。後上方からの追撃は〝危険である〟ということを、彼らはしっかり学習していたし、味方艦艇の撃ち上げる対空砲火を避ける意味合いもあった。

憎き敵グラマンの追撃を振り切り、決死の覚悟で敵弾幕をかいくぐった三一機は、狙う二隻の標的・空母「ハンコック」「ランドルフ」へ向けていよいよ突入して行った。

それを見て、空母「ハンコック」は右へ大きく旋回し、「ランドルフ」は左へ大回頭し始めた。

両空母ともどす黒い海面に白波を蹴立て、すでに三〇ノット以上の高速で疾走している。二隻の艦首と艦尾で衝撃波が発生し、夜光虫がぶきみにぎらぎらと輝いていた。

照明隊に多くの彗星を割かねばならず、伊吹少佐の直率する反跳爆撃隊は、伊吹機をふくめても残りわずか三機となっていた。しかしそれでも伊吹機以下の三機は、猛然たるいきおいで真っ先に突入し、狙う空母「ハンコック」の左舷舷側へもの見事に、意地の五〇〇キログラム爆弾一発をねじ込んだ。

新型の「四式五〇番八号」爆弾は、航空魚雷にはわずかに劣るものの、それに匹敵する破壊力をそなえている。被弾した直後に「ハンコック」の速力は急激におとろえ、回避運動もままならない状態となった。

そこへ、すかさず第二雷撃隊の天山一三機が突っ込み、次々と魚雷を投下、「ハンコック」の同じく左舷へ魚雷三本を突き刺し、同艦に決定的な打撃をあたえた。

左舷中央から四本目の水柱がひときわ大きく噴き上がり、艦橋や飛行甲板を水浸しにするや、空母「ハンコック」は完全に推進力を失い、やがて航行を停止した。

三本目の魚雷は艦の奥深くまで達して炸裂、その衝撃で同艦は全電源を失い、主機もまた全滅にちかい損害をこうむったのである。

そのたたみ掛けるような攻撃に、ラドフォード少将も口をあんぐりと開けた状態のままほとんど為すすべがなかった。日本軍機の攻撃は一五分ほどで終了したが、三本目の魚雷が命中した直後にいよいよラドフォードも観念した。

――いかん、決定的だ……。「ハンコック」は沈められる！

それを象徴するかのようにして座乗艦「ハンコック」は左へ大きく傾いたまま、しずかに動きを止めた。

「残念ながら本艦は自力航行が不可能となり、復旧のめども立ちません！　幸いパール・ハーバーが近いため、他艦で曳航しようと思いますが、……あとは私にお任せいただき、司令官はひとまずご退艦ください！」

艦長のロバート・F・ヒッキー大佐がそう告げると、ラドフォードは、がっくりと肩を落としてうなずいた。

戦いはいまだ継続中だ。急ぎ旗艦を変更し、指揮を継続しようというのだが、二番艦の「ランドルフ」もまた攻撃を受けていた。

旗艦変更の第一候補は同じくエセックス級の空母「ランドルフ」ということになるが、「ランドルフ」も一五機の敵雷撃機から襲われて、左舷に魚雷一本、右舷に魚雷二本を喰らっていた。

艦はかろうじて平衡をたもっていたが、速度が一四ノットまで低下しており、充分に戦闘力を保持しているとはいいがたい。

ラドフォードが隊内電話で確認をもとめたところ、「ランドルフ」艦長のジャクソン・R・テート大佐は、二〇ノット以上の速力を確保して戦闘力を回復するのには〝二時間ほど必要である〟と回答してきた。じつは、「ランドルフ」は大量の浸水をまねいて、機関のかなりの部分が水浸しとなっていたのだった。

復旧に二時間ちかくも掛かるようでは、いかにも心もとない。

また、たとえ復旧したとしても、二五ノットも出せないようでは、いざ、というときにかえって足手まといとなり、「ランドルフ」に将旗を移すのはおよそ適当ではなかった。

さらに「モントレイ」は防御力が弱く、通信設備も充分とはいえない。軽空母は爆弾を一発でも喰うと、たちまち旗艦として不都合になる恐れがある。ラドフォードはよくよく考えた末に、みずからの将旗を重巡「ボストン」へ移すことにしたのだった。

3

二度にわたる空襲が止み、午前五時四六分にはようやく、すべての日本軍機が機動部隊上空からすがたを消した。

所期の目的どおり大型空母二隻に攻撃を加えた伊吹少佐は、旗艦「大鳳」へ向けて午前五時四八分に報告電を打った。

『敵・大型空母二隻に対し攻撃を敢行！　一隻撃沈確実、一隻大破せり！』

これを受け、角田司令部は夜襲攻撃隊の空襲によって、敵・大型空母の〝四隻が戦闘力を喪失した！〟と判断。「大鳳」の艦橋はたちまち歓喜の声につつまれた。

しかし油断はできず、この勝勢《しょうせい》を活かしてぜひとも勝利を確実にしなければならない。

ちょうどこのとき、第一、第二機動艦隊の各母艦上では、村田重治少佐が指揮官を務める通常の昼間攻撃隊・第二波が発進を開始しており、角田中将も〝ここぞ！〟とばかりに、第二波攻撃隊を送り出していたのだった。

ちなみに第二波・夜襲攻撃隊は、計七発の命中弾を得て、およそ二二・六パーセントの命中率を挙げていた。

いっぽうそのころ、旗艦・戦艦「ミズーリ」艦上のタワーズ大将は、攻撃を仕掛ける前に思わぬ打撃をこうむり、苦虫を噛みつぶしたような顔付きで歯ぎしりしていた。

その怒り様は参謀長のディビス少将もうかつに声を掛けられぬほどだったが、日本軍空母艦隊との距離はもはや二一五海里以下に縮まろうとしていたので、タワーズ司令部にこのままやられっ放しで〝おめおめ引き下がる〟というような考えは断固としてなかった。

それは、空母群をあずかるミッチャー司令部も同じこと。ミッチャー中将は闘志満々で攻撃隊の出撃準備をすでに命じていた。

それもそのはず。空襲を受けた第三、第四空母群は足止めを喰らって西進をはばまれたが、空襲をまぬがれた第一、第二空母群は順当にコマを進めて、すでに日本軍空母艦隊の東方およそ二〇〇海里の洋上へ達していたのだった。

ここまで敵に近づいておいて、今さら戦わずに逃げるという手はない。そんなことをすれば、日本軍艦載機から一方的な攻撃を受けて、それこそ敵の思うツボに嵌《は》まる。

ましてや、オアフ島を護り切るには当海域から日本の空母群を駆逐するしかなかった。

それにしても、艦載機で〝これほど組織立った夜間攻撃を仕掛けて来る〟とはタワーズもミッチャーも思わなかった。日本軍パイロットの技量とファイティング・スピリッツは二人の想像をはるかに越えていた。

それもそのはず。帝国海軍のとくに「夜襲攻撃隊」は、死をもかえりみず、血のにじむような夜間訓練を繰り返し、兵器と技の向上に全身全霊をささげてきたのだった。

四隻ものエセックス級空母が〝いきなり戦闘力を奪われる〟というのは、むろんタワーズ、ミッチャーにも看過できない損害だった。いや、そのうちの一隻・空母「ハンコック」は、自力航行が不可能となり、もはやいつ沈んでもおかしくないほどの状態におちいっている。

第五八機動部隊の兵力は大きく減殺されてしまった。しかしそれでも、ここは日本軍空母艦隊に戦いを挑むしかなかった。

日本軍のハワイ攻略企図をくじき、オアフ島を護り切れるのであれば、たとえ全滅を賭してでも戦うべきであった。

――戦闘可能な味方空母はいまだ一一隻（エセックス級四隻、インディペンデンス級七隻）も残っている。その全航空兵力を注ぎ込んでただちに攻撃を仕掛ければ、敵空母のおよそ半数は撃破できるにちがいない！　その間に損害を受けたエセックス級空母三隻（ハンコックを除く）の修理を急げば、まだまだ勝機はある！

たしかに敵・主力空母の半数も撃破することができれば、日本軍の航空兵力は大きく低下。制空権争いを引き延ばせる可能性も出てくる。そしてその間に破壊された陸海軍機の修理を急ぎ、それら基地機で島上の戦いを支援すれば、オアフ島防衛軍が日本の上陸軍を駆逐して〝最終的に戦いを制する〟というようなことも期待できた。

なにせ日本の大艦隊は、そうながくはオアフ島近海にとどまれないのだ。

ミッチャーは断固として攻撃を決意し、タワーズもミッチャー司令部の決定を当然とした。

はたして、航空戦艦二隻を除けばいまだ空母の数は一一隻対一三隻で米側がわずかに劣っている程度であり、第五八機動部隊が現在の劣勢をくつがえす可能性は充分にある。

そのため、全軍をあずかるニミッツ大将もここはタワーズ大将の戦いを信じて、事のなりゆきを黙って見守るしかなかった。

タワーズは生粋《きっすい》の航空屋であり、みずからそのことを自負している。

――レイ（スプルーアンス）の戦い方にあれだけケチを付けて、俺なら〝もっとうまくやってみせる！〟と豪語していたのだから、ここはぜひタワーズに、航空屋としての本領を発揮してもらうほかない！

そう思い、ニミッツも肚《はら》に覚悟を据えた。

ただしニミッツも、タワーズにすっかり軍配をあずけたわけではなく、基地機の修理と飛行場の復旧をめいっぱい急がせてタワーズの艦隊司令部に対して、本日・午後からは「オアフ島の陸海軍機一〇〇機以上で航空支援をあたえられるようになる！」と約束、タワーズの背中をその統率力と手腕でしっかりと支えていた。

基地から〝援軍を得られる〟となればこれほど心強いことはない。タワーズがみずから受話器を取って、そのことを申し伝えると、ミッチャーはいよいよ闘志満々となって攻撃を決意した。

各母艦上では攻撃機が勢ぞろいして、午前五時五〇分ごろから空が次第に白み始めてきた。そう見てとるや、ミッチャー中将は躊躇なく攻撃隊に発進を命じたのである。

第一次攻撃隊／攻撃目標・日本空母群
〔第一空母群〕Ｊ・Ｊ・クラーク少将
・空母「バンカーヒル」　出撃数六二機
（艦戦一二、艦爆三六、雷撃機一四）
・空母「シャングリラ」　出撃数六四機
（艦戦一二、艦爆三六、雷撃機一六）
・軽空「プリンストン」　出撃数一九機
（艦戦一〇、雷撃機九）
・軽空「キャボット」　出撃数一九機
（艦戦一〇、雷撃機九）
〔第二空母群〕Ｒ・Ｅ・デヴィソン少将
・空母「タイコンデロガ」　出撃機六二機
（艦戦一二、艦爆三六、雷撃機一四）
・空母「ワスプⅡ」　出撃機六四機
（艦戦一二、艦爆三六、雷撃機一六）

・軽空「カウペンス」　出撃数一九機
（艦戦一〇、雷撃機九）
・軽空「バターン」　出撃数一九機
（艦戦一〇、雷撃機九）
〔第三空母群〕Ｆ・Ｃ・シャーマン少将
・空母「エセックス」　出撃機なし
（速度低下のため、復旧作業中）
・空母「ベニントン」　出撃機なし
（艦傾斜により、戦闘力を完全に喪失）
・軽空「シャイロー」　出撃数一九機
（艦戦一〇、雷撃機九）
・軽空「ベントンビル」　出撃数一九機
（艦戦一〇、雷撃機九）
〔第四空母群〕Ａ・Ｗ・ラドフォード少将
・空母「ハンコック」　出撃機なし
（航行停止、戦闘力を完全に喪失）

・空母「ランドルフ」　出撃機なし
（速度低下のため、復旧作業中）
・軽空「モントレイ」　出撃数一九機
（艦戦一〇、雷撃機九）

第一次攻撃隊の兵力はF6Fヘルキャット戦闘機一一八機、SB2Cヘルダイヴァー急降下爆撃機一四四機、TBFアヴェンジャー雷撃機一二三機の計三八五機。

日本軍艦載機から夜間攻撃を受けた空母「エセックス」「ベニントン」「ハンコック」「ランドルフ」はいずれも攻撃隊を出すことができない。加えて第三、第四空母群は一〇海里以上遠方から攻撃隊を出すことになるが、それでもミッチャー中将は軽空母「シャイロー」「ベントンビル」「モントレイ」の艦載機を攻撃に出すことにした。

ミッチャーは午前五時五〇分に発進を命じ、第一次攻撃隊の全機が午前六時二五分までに発進を完了した。

健全なエセックス級空母四隻は六〇機以上もの攻撃機を発進させたため、発進作業を終えるのにたっぷり三五分を要し、攻撃隊は空中集合を実施することなく、おおむね二群に分かれて進軍して行った。

また、各母艦は攻撃隊を発進させるために一旦西進を止めて東北東（風上）へ向けて航行せざるをえず、ミッチャー中将が攻撃隊の発進を優先したため、迎撃に上げていた夜戦型ヘルキャットと電探装備のアヴェンジャーはそのまま上空へ留《と》め置かれることになった。

そして、攻撃隊の発進を優先したミッチャー提督の判断は、じつに正しかった。

第一次攻撃隊が発進しているさなかの午前六時一五分ごろには、第三空母群の旗艦・空母「エセックス」がようやく応急修理を終えて速力二二ノットで航行し始めていたが、修理の成った「エセックス」の艦載機を攻撃に参加させることは結局できなかった。

午前六時一八分。第一空母群に属する戦艦「ニュージャージー」の対空見張り用レーダーが日本軍艦載機の大編隊をいちはやく捉え、その接近を味方全軍に緊急通報したのである。

夜戦型ヘルキャットなどを収容するには艦首を一旦、風上に向けねばならず、ミッチャー中将がその収容を優先していた場合には、第一、第二空母群でさえも二〇〇海里圏内に日本の空母群を捉えられていなかった。収容のため一旦東進し、その後、再び西進することになる。

さらに、攻撃隊を発進させるために再度東進する必要があり、右往左往しているあいだにおそらく一五分程度はかるく時間を浪費していたことだろう。そしてその場合は、第一次攻撃隊の発進が終わる前に日本軍攻撃隊が殺到し、第五八機動部隊は十中八九、大混乱におちいっていたにちがいなかった。

ミッチャーの判断は正しく、そうした最悪の事態だけはまぬがれることができた。

4

戦艦「ニュージャージー」の対空レーダーが捉えた日本軍機の大群は、いうまでもなく江草隆繁少佐が指揮官を務める第一波攻撃隊であり、その機数は二七四機であった。

推定で米軍機動部隊の手前およそ〝四〇海里の上空へ達した〟とみた江草少佐は、第一波攻撃隊の飛行高度を三〇〇〇メートルから一気に三〇〇〇メートルまで引き上げ、はるか前方洋上に眼を凝らしながら進撃速度も上げた。

その直後に「ニュージャージー」のレーダーが日本軍機の接近を探知。ミッチャー空母群はかなり西進していたため、第一波攻撃隊は、実際にはすでに第一、第二空母群の手前およそ三〇海里の上空にまで迫っていた。

「日本軍攻撃隊はあと一〇分ほどでわが上空へ進入して来ます！」

時刻は午前六時二〇分になろうとしている。

「ニュージャージー」からの通報を受けて、通信参謀が叫ぶようにそう報告すると、ミッチャーは俄然、むつかしい対応を迫られた。

――いかん！　あと一〇分ではヘルキャットを迎撃に上げても間に合わんぞ！

このとき、修理の成った空母「エセックス」の戦闘機隊もふくめて、一二隻の母艦上には全部で二五八機のヘルキャットが残されていた。

が、それらヘルキャットに緊急発進を命じてもおよそ〝有効な迎撃網を構築できない！〟と直感したミッチャーは、上空に在った夜戦型ヘルキャット三六機にまず迎撃を命じ、たった今発進したばかりの第一次攻撃隊のなかからさらに三六機のヘルキャットを割いて、来襲した日本軍攻撃隊に足止めを喰らわすように命じた。

夜戦型ヘルキャットは、日本軍・第二波夜襲攻撃隊との戦いで、さらに二機が戦闘不能となっており、この時点で空戦可能なものは三六機となっていた。

第一次攻撃隊に随伴するヘルキャットは一一八機から八二機に減ってしまうが、空母を護るため背に腹は代えられず、ミッチャーは、現在上空に在る七二機でとりあえず日本軍攻撃隊を足止めしておき、その間に艦上待機中のヘルキャットをできるだけ多く舞い上げて、なんとか〝この空襲を乗り切ろう〟としたのであった。

すでに、はるか東の水平線上では太陽が頭をのぞかせている。

はたして、ミッチャー提督の迎撃策はある程度功を奏したが、日本軍・第一波攻撃隊はすでに時速二四〇ノットで進撃していた。

しかも、七二機のヘルキャットから迎撃を受け始めたとき、すでに江草少佐は、二群に分かれて東進しつつある米空母数隻を眼下の洋上に発見していた。

――大型空母は四隻！　小型空母もおそらく三隻以上はいるぞ！

そう確信するや、江草は午前六時二五分に突撃命令を発した。

「全軍、突撃せよ！『トトトトトッ！』」

このときヘルキャット七二機は〝足止めを喰らわそう〟と懸命に攻撃を仕掛けていたが、第一波攻撃隊には一〇八機の陣風改が随伴しており、完全にはその役目を果たせなかった。が、それでも散開し始めた日本軍・爆撃機や雷撃機へ向けて突入し、来襲した日本軍機のおよそ三分の一に足止めを喰らわせた。

しかし、艦上に在ったヘルキャット二五八機をすべて舞い上げることはできず、第一、第二空母群は、午前六時二八分にはヘルキャットの発進を取り止めて回避行動を執らざるえなかった。

結局、二五八機中、上空へ舞い上げることのできたヘルキャットは二〇二機にとどまった。しかも、そのうちのおよそ半数は充分に高度を確保することができず、上昇しながら目に付いた日本軍機に対して、やみくもに威嚇射撃をおこなうのが精いっぱいだった。

ミッチャー提督が機転を利かせたため大半のヘルキャットが上空へ飛び立つことはできたが、それら戦闘機による迎撃はおよそ組織立った攻撃とはならず、後発のヘルキャット隊はかなりの数の日本軍機を撃ちもらしてしまった。

最大の難関を突破した第一波攻撃隊は、午前六時二七分ごろから攻撃隊・各隊長が次々と突撃命令（ツ連送）を発し、狙う米空母へ向けていよいよ突入して行ったが、その直前から猛烈な対空砲火を受け始めていた。

そして、投弾の位置へ就く直前に二〇機以上の攻撃機を撃墜されたが、結局、敵グラマンおよび敵対空砲火によって撃ち落された攻撃機はおよそ六〇機にとどまり、彗星五七機と天山四八機の計一〇五機が米側防空網の突破に成功し、狙うそれぞれの空母へと襲い掛かった。

ちなみに、江草少佐の第一波攻撃隊は、この時点で、陣風改二一機、彗星三一機、天山三〇機の計八二機を失っていた。

決してバカにならない損害機数だが、各機が突入を開始したとき、いまだ一〇五機もの彗星、天山が兵力として残っており、江草は二つの空母群へ向けて、ほぼ均等に攻撃機を差し向けることができた。狙うべきは〝大型空母四隻〟と決まっている。江草が一々指図するまでもなく、各隊長もそのことをきっちりとわきまえていた。

二五機～二八機ずつに分かれて、彗星や天山が狙う米空母四隻へ向けて一斉に襲い掛かる。

一〇五機から狙われたのは、むろん第一空母群のエセックス級二隻「バンカーヒル」「シャングリラ」と第二空母群のエセックス級二隻「タイコンデロガ」「ワスプⅡ」の四空母だった。

迎撃戦闘機を上げるためにこれら四空母はいずれも東北東（風上）へ向けて疾走しており、江草少佐は自機をふくむ彗星一三機をしたがえて、最も東寄りで航行していた空母「バンカーヒル」に襲い掛かった。

それ以外の三空母に対しても一三機以上の彗星と天山一〇機以上が襲い掛かり、四空母にもれなく雷爆同時攻撃を仕掛けようとしている。そして一旦投弾の位置に就いたからには、日の丸飛行隊は遺憾なくその腕前を発揮してみせた。


狙われた四空母のなかで真っ先に攻撃を受けたのは、まさにミッチャー中将の座乗する旗艦・空母「ワスプⅡ」だった。

空母「ワスプⅡ」には、隼鷹爆撃隊、龍鳳爆撃隊の彗星一七機と雲龍雷撃隊の天山一〇機が襲い掛かった。かれら四、五航戦航空隊の技量はそう高くなかった。が、それでも二五分に及ぶ攻撃の末に、的艦「ワスプⅡ」に爆弾三発と魚雷一本を命中させた。

日本軍・降下爆撃隊の投じた爆弾はすべて破壊力の大きい五〇〇キログラム爆弾だ。二発目の爆弾が命中した直後に「ワスプⅡ」の行き足は急激におとろえ、そこへさらに魚雷一本と爆弾一発が命中。艦上が紅蓮の炎に包まれて、同艦の速度は一六ノットまで低下、「ワスプⅡ」は復旧に二時間を要する損害をこうむった。

そのすさまじい爆撃にミッチャー中将も一時は肝を冷やしたが、乗艦「ワスプII」はなんとか中破程度の損害でまぬがれて二時間後には戦闘力を回復できそうだった。

けれども、「ワスプII」の被害はまだマシなほうで、同じ第二空母群の僚艦・空母「タイコンデロガ」はもっと深刻な打撃を受けていた。

わずかに後れて空母「タイコンデロガ」に襲い掛かったのは、加賀爆撃隊の彗星一三機と赤城雷撃隊の天山一五機だった。かれら航空隊の技量はまったく申し分なく、三〇分ちかくにわたる攻撃で加賀爆撃隊は三発の命中弾を得、赤城雷撃隊は四本もの魚雷を「タイコンデロガ」の艦腹に突き刺した。

命中した魚雷のうちの三本が左舷側に集中しており、艦上は業火に見舞われていた。

猛烈な火災と黒煙のため復旧作業が遅々として進まず、「タイコンデロガ」は左へ大傾斜したまま二〇分後にはついに航行を停止。それでも艦長のディキシー・キーファー大佐は懸命の復旧を試みたが、それもみのらず、左への傾斜はおさまるどころか、徐々に深まりつつあった。

「あらゆる手段を尽くしましたが、艦の傾斜が止まりません！　……残念ながら本艦は、一時間以内に沈没すると思われます」

隊内電話でキーファーがそう報告すると、ミッチャーは受話器を握ったまま絶句、やがて『その報告にまちがいはないなっ⁉』と念を押してからキーファーに総員退去の許可をあたえた。

不運な「タイコンデロガ」はおよそ四五分後に艦内で大爆発を起こし、午前七時四八分に沈んでゆくことになる。

僚艦「タイコンデロガ」の惨状を知り、ミッチャーは事態が〝予想以上に深刻だ〟ということをあらためて思い知らされた。

　エセックス級主力空母のうちの一隻がはやくも沈みゆく運命にあり、かれが最も頼みとしていたクラーク少将の第一空母群もまた、敵機の空襲にさらされていた。

　ジョセフ・J・クラーク少将は空母「バンカーヒル」に将旗を掲げていたが、第一空母群で先に攻撃を受けたのは、それよりわずか後方に位置していた「シャングリラ」のほうだった。

　空母「シャングリラ」には、飛鷹爆撃隊、祥鳳爆撃隊の彗星一四機と天城雷撃隊の天山一一機が襲い掛かった。かれら航空隊の腕前はあまり高くなかったが、狙う獲物は大きく、それを撃破するだけの技量は充分にそなえていた。

一四機の彗星が狙う「シャングリラ」の後方から次々と急降下してゆき、八番手で降下した飛鷹爆撃隊の一機がついに、同艦の艦尾付近に会心の爆弾一発を命中させた。

　その直後から、「シャングリラ」の動きが俄然生彩《せいさい》を欠いて、舵の利きがにぶり始めたところへ同艦の左舷に一本目の魚雷が命中した。

　そのときにはもう一〇機目の彗星が降下しており、同機は黒煙にじゃまされて爆撃をしくじったが、一二番手で降下した彗星が見事二発目の爆弾を飛行甲板・中央へねじ込み、最後に左舷側から迫った三機の天山のうちの一機が、左に回頭し始めた的艦「シャングリラ」の艦首付近へまんまと二本目の魚雷を命中させた。

　結局「シャングリラ」には爆弾二発と魚雷二本が命中。同艦もまた戦闘力を一時喪失した。

空母「シャングリラ」は魚雷二本を喰らったのにもかかわらず速力二四ノットで航行し続けていたが、艦中央部で発生した火災を消し止めるのにおよそ三〇分を要したのである。

同艦・艦長のジェイムズ・D・バーナー大佐から〝シャングリラは戦闘力を維持している〟との報告を受けて、クラーク少将は一瞬、安堵《あんど》の表情を浮かべたが、座乗艦「バンカーヒル」も同時に爆撃を受けていたので、クラークはまったく気が気でなかった。

周知のとおり「バンカーヒル」に襲い掛かったのは江草少佐が直率する信濃爆撃隊の彗星一三機と、葛城雷撃隊の天山一二機だった。

葛城雷撃隊の技量はさほど高くはないが、江草が率いる信濃爆撃隊は帝国海軍随一の腕前を誇る降下爆撃隊だ。

江草機はいつものように指揮官先頭、狙う米空母の飛行甲板めがけて真っ先に急降下して行ったが、敵もさるもの、「バンカーヒル」艦長のマーシャル・R・グリア准将がたくみな舵さばきと急な減速でこれを寸でのところでかわし、江草自身は惜しくも艦首間近の右海上に至近弾をあたえるにとどまった。

が、第二小隊の一番機がきっちりと「バンカーヒル」の動きに対処して、四番手で降下した同機が見事、同艦の飛行甲板・前寄りに最初の直撃弾をあたえた。命中したのはいうまでもなく五〇〇キログラム爆弾で、飛行甲板を貫通した爆弾は格納庫内で炸裂、その直後にもうもうたる黒煙が噴き上がり、艦橋からの視界がにわかにさえぎられた。これで、さすがのグリア艦長も思いどおりの回避がむつかしくなった。

幸いにも一発目の被弾は致命傷とならずに済んだが、その後に襲い掛かって来た日本軍爆撃機が次々と、急降下爆撃の見本のような投弾をおこない、「バンカーヒル」はさらに三発の爆弾を立て続けに喰らった。

いや、それだけではない。

計四発の爆弾を喰らって飛行甲板が跡形もなく焼けただれてしまい、艦上が火の海と化した「バンカーヒル」は、火の勢いを喰い止めるためにどうしても速度を落とさねばならず、グリア艦長が速力一八ノットを命じたまではよかったが、その直後、ついに魚雷一本を喰らったのだ。

それまで「バンカーヒル」は、放たれた魚雷をことごとくかわしていたが、火災が機関部にまで達しようとしていたので、さしものグリアもこればかりはどうしようもなかった。

その魚雷は右舷・艦尾付近に命中。天に冲するほどの巨大な水柱が昇り、その直後からまたたく間に速力がおとろえて、空母「バンカーヒル」の速度は結局一四ノットまで低下した。

それでもまだ、「バンカーヒル」は沈む気配を見せなかったが、飛行甲板が原型をとどめぬほど破壊されていたので、艦長の報告を待つまでもなくクラークは直感した。

――だ、ダメだ……。「バンカーヒル」は航空母艦としての機能を完全に失った……。

そのとおりだった。

爆弾の破壊力がすさまじく、それを四発も喰らって飛行甲板がずたずたに引き裂かれ、ダメージコントロールに優れた米空母といえども、これを発着艦可能な状態にまで修復するにはどうしても入渠《にゅうきょ》が必要だった。

考えようによっては四発の爆弾が同一箇所に命中しなかったことは不幸中の幸いだった。その命中がもし一ヵ所に集中しておれば、爆弾は艦の奥深く心臓部（機関部）にまで達して炸裂し、「バンカーヒル」はおそらく航行を停止していたことだろう。その命中が分散していたおかげで致命傷はまぬがれたが、飛行甲板が広範囲にわたって破壊されることになり、同艦は空母としての機能を完全に喪失したのである。

5

時刻は午前七時になろうとしていた。

第五八機動部隊はエセックス級・大型空母八隻のうち、戦闘力を奪われたものが四隻、復旧後に戦闘可能なものが四隻となっていた。

空母「タイコンデロガ」はもはや沈没する運命にあり、空母「ハンコック」も航行を停止しており、空母「バンカーヒル」と「ベニントン」が戦闘力を完全に喪失していた。

また、唯一、空母「エセックス」のみがすでに応急修理を終えていたが、残る三空母は、修理を終えるのにそれぞれ、「シャングリラ」がおよそ三〇分、「ランドルフ」があと一時間ほど、「ワスプII」がたっぷり二時間ほど掛かり、ただちに作戦可能なものは、「エセックス」わずか一隻のみとなっていた。

復旧作業が予定どおり順調に進み、たとえ三〇分後に「シャングリラ」が戦闘力を回復したとしても、使える大型空母はわずか二隻しかなく、この時点で大勢はもはや〝ほぼ決した！〟といってよかった。

被害の全貌を知らされて、さすがのミッチャーも頭をかかえてしまっている。いや、ミッチャーだけでなく、戦艦「ミズーリ」艦上ではタワーズ大将も大きく天を仰いでいた。

「……もはや勝ち目はございません！　これ以上戦えば、味方空母の損害は増すばかり。ハワイの防衛は陸軍に任せて、われわれは西海岸へ向けて今すぐ撤退すべきです！」

参謀長のディビス少将がたまらずそう進言したが、タワーズは、みずからの作戦が〝どこでどうまちがえたのか……〟まるでわけがわからず、なかば茫然自失の状態におちいっていた。

がっくりとうなだれ、タワーズはすぐに応じることができない。

最大の敗因は、夜のあいだ不用意に日本軍空母艦隊の方へ軍を近づけたことだった。

けれども、タワーズやミッチャーは航空の専門家であるだけに、航空兵力は〝攻撃に使ってこそ真価を発揮する！〟という固定観念にすっかりとらわれており、一旦は全力で〝防御に徹する〟というような受け身の発想をそもそも持ち合わせていなかった。

そうした発想を持つ者がもし、アメリカ海軍にいるとすれば、それは一度「夜襲攻撃隊」にこっぴどくやられたレイモンド・A・スプルーアンス提督しかいなかったであろう。

スプルーアンスがもし指揮を執っておれば、夜間の接近を思いとどまり、夜明けと同時になされる日本軍艦載機の全力攻撃も、全ヘルキャットを上げて一旦〝迎撃戦に徹して〟凌ぎ切り、戦いを好転させていたかもしれない。口に出してこそ言わないが、ディビスはそう思い始めていた。

しかし、攻撃隊をまったく出さずに〝防空戦に徹する〟というような、滑稽《こっけい》なほどいさましさに欠ける戦法は、タワーズやミッチャーにはまるで執り様がなかった。

ひいては指揮官の人選ミスが、この敗北をまねいた最大の原因であり、タワーズやミッチャーには〝なぜ負けたのか……〟その理由が、いまだにまったく理解できないのであった。

「長官！　時間がありません！」

ディビスにもう一度そう急かされて、タワーズはようやく我に返った。が、それでもまだかれは枝葉にとらわれていた。

「……出した攻撃隊をどうする？」

そこはディビスも航空が専門。かれはきっぱりと言い切った。

「すべてオアフ島へ向かわせます！」

もはやそれしかなく、タワーズはまるで死人のようにうなずいて、麾下全軍の〝撤退！〟を認めたのである。

タワーズ自身の階級も〝大将〟で軍の進退を決めるだけの責任を負っている。上官ニミッツ大将の許可を得るまでもない〝それほど重大な損害をすでにこうむってしまっている！〟ということだけは、今のジョン・H・タワーズにもはっきりと認識できた。

しかも、ディビスが撤退を急かしたように、時間はまったくなかった。

日本軍機が一旦、上空からすがたを消したのはよかったが、午前七時一〇分過ぎには、戦艦「ミズーリ」の対空見張り用レーダーが、さらなる日本軍機の接近を探知したのだ。第五八機動部隊はもはや東へ向け遁走《とんそう》するしかなかった。

戦艦「ミズーリ」のレーダーがとらえた日本軍機の大群は、むろん村田重治少佐が空中指揮官を務める第二波攻撃隊だった。

ちなみに、江草少佐の第一波攻撃隊は、さらに敵の猛烈な対空砲火にさらされて彗星六機と天山三機を失っていたが、全部で爆弾一二発と魚雷八本の命中弾を得て、降下爆撃隊はおよそ二三・五パーセント、雷撃隊はおよそ一七・八パーセントの命中率を挙げていた。

6

夜戦型ヘルキャットはもはやかれこれ二時間半以上にわたって上空で戦い続けていたため、一旦着艦させる必要があり、その全機が軽空母の飛行甲板へ舞い降りた。

エセックス級空母は軒並み飛行甲板を破壊されていたし、唯一収容可能な空母「エセックス」は艦上に残されていた六機のヘルキャットを追加で迎撃に上げる必要があった。

通常型ヘルキャットは日本軍・第一波攻撃隊との戦いで三二機を喪失、さらに四機が戦闘不能となり、午前七時一〇分過ぎの時点で、上空に在るヘルキャットは全部で二〇八機（追加発進の六機をふくむ）となっていた。

それら二〇八機が戦艦「ミズーリ」のとらえた新手の日本軍攻撃隊へ一斉に襲い掛かり、村田少佐の率いる第二波攻撃隊は、第一波攻撃隊よりもさらに激しい迎撃にさらされた。

第二波にも陣風改九六機が随伴していたが、二倍以上のグラマンを相手に戦わねばならず、かれらはおのずと苦戦を強いられた。

陣風改は一対一ならF6Fヘルキャットと全く対等に戦えたが、味方攻撃機を〝護らねばならない〟という足かせをはめられているのでどうしても不利になる。

それでも懸命にグラマンの攻撃をはらい除けて三三機を返り討ちにしたが、米空母群の上空へ到達するまでに第二波攻撃隊は、陣風改三〇機、彗星二二機、天山一八機の計七〇機を失い、さらに彗星六機と天山五機が米艦隊上空からの離脱を余儀なくされていた。

残る攻撃機は彗星四四機、天山四〇機の計八四機となっている。

第二波攻撃隊はすでに三七パーセント以上もの攻撃機を失っていたが、村田少佐はついに遁走しつつある米空母群を洋上にとらえ、午前七時二五分に突撃命令を発した。

「全軍、突撃せよ！『トトトトトッ！』」

そして一見したところ、大型の米空母はいずれも速度が低下しており、第一波の攻撃がまんまと成功したのにちがいなかった。

――よーし、獲物には事欠かない！ ここまで来たからには、一隻でも多くの大型空母を沈めてやる！

狙うべきはやはりエセックス級空母であり、小型空母には眼もくれず、彗星や天山が各攻撃隊に分かれて一斉に突入して行った。

その直後から第二波攻撃隊もまた、敵の対空砲火に悩まされたが、多くのエセックス級空母が復旧作業をおこないながら退避しており、第一波の攻撃によって対空砲を減殺されて米空母の防空戦闘力はかなり低下していた。そのため被害を受けた攻撃機の数はかなり抑えられた。

しかし、それでも彗星五機と天山七機をさらに撃墜されて、結局、投弾の位置に就くことのできた攻撃機は、彗星三九機、天山三三機の合わせて七二機となっていた。

村田少佐はすばらしいことにその数をおおむね把握しており、攻撃機が〝七〇機〟もあれば、大型の米空母を〝五、六隻は確実に沈められる〟とすばやく計算した。なぜなら、大型空母の多くがすでになんらかの傷を負っており、速度の低下した米空母はおよそ〝充分な回避行動を実施できない！〟とみたからであった。

敵空母群の陣形はいずれも大きく乱れ、すでに二隻の大型空母が直下の海上で置き去りになっている。むろん村田には詳しい艦名まではわからないが、それは空母「ハンコック」と「タイコンデロガ」の二隻だった。

そして、それら二隻のうちの一隻はこれ以上ないほど左へ大きく傾き、もはや同艦（タイコンデロガ）が沈みつつあることは疑いなかった。

加えてもう一隻（ハンコック）も左へ大きく傾斜して航行を止めていたが、こちらには舷側に駆逐艦二隻が張り付いていたので、村田は〝曳航しようとしているのにちがいない！〟とみて、まずは同艦の攻撃に最も技量の劣る隼鷹雷撃隊の天山五機を差し向けた。

隼鷹雷撃隊はにわかに降下、はたして五機はうまくやり、動かぬ米空母に魚雷一本、逃げ後れた駆逐艦一隻にも魚雷一本を命中させて、これら二隻を見事に海上から葬《ほうむ》り去った。俄然、横倒しとなって沈んだ空母はむろん「ハンコック」で、その巻き添えとなって沈められたのはフレッチャー級の駆逐艦「ワドレイ」だった。

まずは幸先よく大型の米空母一隻を仕留めたのはよかったが、これはまだまだ序の口。めざす東方洋上には、狙うべき大型の米空母がいまだ五隻はいた。

じつはこのとき、速力二二ノットで航行していた空母「エセックス」は東の水平線下へすっかりすがたを消そうとしており、それを二四ノットで追い掛けていた空母「シャングリラ」がぎりぎり村田の視界内に在り、速度が二〇ノット以下に低下していた残る空母四隻「ベニントン」「ランドルフ」「ワスプⅡ」「バンカーヒル」が、まさにこの順序で東から西へと並び、遁走をくわだてようとしていた。

さらにいえば、「ベニントン」「ランドルフ」を今しがた「シャングリラ」が追い抜き、この三隻はほぼひとかたまりとなって航行している。

そして「ワスプⅡ」と「バンカーヒル」が、それよりすこし後れて航行していた。

攻撃隊のはるか上空ではいまだ多数のグラマンが乱舞している。村田少佐も一瞬ですべての敵空母を見つけ出すことはできず、はじめから東へ離れて行動していた「エセックス」だけはさすがに見逃してしまった。

それら米空母の動きをとっさにみて取るや、村田は自機をふくむ天山八機をとりあえず予備兵力とし、視界内に存在する五隻の大型空母へ向けてもれなく攻撃機を差し向けた。

はたして、村田少佐の読みは正しく、狙う大型空母の動きはいずれも鈍かった。いや、唯一「シャングリラ」のみは、かなりの数の爆弾や魚雷をかわしてみせたが、同艦に対しても爆弾二発、魚雷二本をきっちりとねじ込んだ。

加えて、残る四空母に対しても三発～五発の爆弾もしくは魚雷を命中させて、第二波攻撃隊は全部で爆弾一二発、魚雷一〇本の命中を得た。

その結果、「バンカーヒル」「ベニントン」「ランドルフ」の三隻を見事に轟沈、「ワスプⅡ」もまもなく航行を停止したが、村田少佐はさらに予備兵力としていた直率の天山八機で、「シャングリラ」に魚雷二本、軽空母「バターン」にも魚雷一本を命中させて、これら二空母もものの見事に海上から葬り去ったのだった。

結局、命中魚雷は全部で一三本（隼鷹雷撃隊の二本をふくむ）を数え、村田雷撃隊の魚雷命中率はおよそ三九パーセントに達していた。標的としていた米空母の多くがすでに大幅な速度低下をまねいていたことがこのすばらしい結果を生んだ最大の要因にちがいなかった。

が、なるほどそれにちがいなく、第二波攻撃隊は、降下爆撃隊もまた、およそ三〇パーセントの命中率を挙げていた。

そして、第二波攻撃隊が猛爆撃を仕掛けていたおよそ二五分のあいだに、すでに沈みゆく運命にあった空母「タイコンデロガ」も横倒しとなってにわかに爆沈しており、結局、第五八機動部隊はこの海戦で、七隻ものエセックス級空母とインディペンデンス級軽空母一隻を失い、四月の「中部太平洋海戦」をも上まわる大惨敗を喫してしまったのである。

ジョセフ・J・クラーク少将は空母「バンカーヒル」が沈没する直前に艦内から脱出し、一命を取り留めていた。が、マーク・A・ミッチャー中将は幕僚の退艦要請を頑《がん》として拒み、空母「ワスプⅡ」と運命をともにした。

ミッチャーの潔さは日本人と通ずるところがあった。が、戦艦「ミズーリ」は速力三〇ノットでいちはやく遁走しており、タワーズは体調不良を訴えてディビスに敗戦処理を投げ出し、独り自室に閉じこもっていた。

なるほどこの男は、海軍航空のエキスパートにちがいなかったが、将としての器は〝まるで持ち合わせていない〟ということが、この一戦ではっきりとした。

――そりゃ失敗はある！　しかし恥を忍んでみずから敗戦処理に当たるべきところを、早々と自室へ引きこもるとはいったいなにごとかっ！　まったく言うことばかりが大きくて、男らしい覚悟も胆力もなにもないヤツだ！

ディビスから報告を受け、ニミッツはこれ以上ないほど怒り心頭に発していた。

7

勝負の行方はもはやはっきりとしていたが、戦いはまだ終わっていない。

第一機動艦隊に所属する戦艦「比叡《ひえい》」の対空見張り用レーダーが、米軍艦載機の大群を探知したのは午前七時六分のことだった。

ちょうどこのとき、第一機動艦隊の各母艦は帰投して来た「夜襲攻撃隊」の彗星および天山を収容中であり、午前七時一五分にはその収容作業を完了する予定となっていた。

「長官。『比叡』のレーダーが敵機大編隊を探知しました！　敵機はあと四五分ほどでわが上空へ進入して来ますが、このまま帰投機の収容を優先いたします！」

柳本参謀長がそう進言すると、角田はこれに黙ってうなずいた。

第一波の夜襲攻撃機は午前六時三〇分ごろから艦隊上空へ帰投し始めていたが、彗星や天山の巡航速度が速いため、第一機動艦隊は、敵の空襲を受けるそのはるか前に、「夜襲攻撃隊」の収容を完了できそうであった。

そして、午前七時一五分に予定どおり帰投機の収容を終えると、帝国海軍の空母一三隻（第二機動艦隊の空母三隻をふくむ）は艦上待機中の陣風改を立て続けに上空へ舞い上げ、その発進作業には二隻の航空戦艦も加わった。

航空戦艦「伊勢」「日向」は航空機用カタパルトで陣風改・各一二機ずつを射出し、第一、第二機動艦隊は全部で二〇九機の陣風改を上空へ舞い上げた。

それら陣風改は午前七時二五分にはすべて艦隊上空へ飛び立ったが、とくに米軍アヴェンジャー雷撃機の巡航速度は時速一二八ノットとかなり遅く、しかも、米軍艦載機はいずれも攻撃圏内ぎりぎりの二〇〇海里付近から発進していたため、日本軍攻撃隊のように低い高度で進軍することができなかった。

米軍・第一次攻撃隊はガソリンを節約するために、四〇〇〇メートル以上の高度を確保して飛び続ける必要があり、第一機動艦隊のおよそ一〇〇海里手前で戦艦「比叡」のレーダーに探知されてしまったのだった。

午前七時三二分。先行した陣風改およそ一〇〇機が自軍艦隊の手前・約四〇海里の上空で米軍攻撃隊の第一群をまず迎え撃ち、残る後発の一〇〇機も数分後にはその迎撃に加わった。

周知のとおり米軍・第一次攻撃隊には八二機のヘルキャットしか随伴しておらず、二〇九機もの陣風改を相手にして、これ以上ないほどの苦戦を強いられた。

いや、戦闘機同士の戦いはほぼ互角だが、ヘルダイヴァーやアヴェンジャーを充分に護ることができない。しかも、米軍攻撃隊は空中集合をやらずに進撃していたので、ヘルキャットも兵力の分散を余儀なくされている。

それをよいことに、陣風改は一二〇機以上でヘルダイヴァー、アヴェンジャーに波状攻撃を仕掛けて、その兵力を容赦なく減殺してゆく。

さしもの頑丈な米軍艦載機も二〇ミリの猛射をふんだんに受けて、クシの歯が抜け落ちるように一機、また一機と落伍してゆく。

日本の空母群はまだ見えない。


陣風改は撃墜することよりも撃退を優先、隊列から落伍した敵機への深追いを避けて、あくまで直進を続けるアヴェンジャーやヘルダイヴァーに反復攻撃を仕掛けた。

空母群までの距離が四〇海里もあり、陣風改の波状攻撃は一五分以上にわたって続いた。

いや、空戦開始からしばらくすると米軍攻撃隊の第二群も進入して来たため、空の戦いはたっぷり三〇分以上にわたって続いた。

時間の経過とともに、米軍攻撃機の損害はみるみるうちに増え、撃ち落されたヘルダイヴァーやアヴェンジャーの残骸で海上が埋め尽くされてゆく。搭載する爆弾や魚雷に二〇ミリ弾を一発でも喰らうと、頑丈な米軍機といえども、さすがにひとたまりもなかった。

が、前方洋上にようやく空母が見えてきた。

さしもの陣風改も敵機の進入を完全には阻止することができず、一六〇機以上もの米軍攻撃機を撃退もしくは撃墜したものの、五五機のヘルダイヴァーとアヴェンジャー四六機の進入をゆるしてしまった。

日本の空母群はすでにいずれも西方へ退避し始めており、第二機動艦隊の三空母はもはや水平線の彼方へ消えようとしていた。けれども、第一機動艦隊は大所帯であるだけにすばやい退避がより困難だった。

後方（東方）へ取り残されたのは第二、第三航空戦隊の母艦六隻だった。装甲空母「信濃」、航空戦艦「伊勢」「日向」、それに「赤城」「天城」「葛城」の空母三隻である。

陣風改の迎撃網を運良く突破した米軍攻撃機は全部で一〇一機。

それら一〇一機が狙う空母四隻へ向けて一斉に襲い掛かった。いや、少数のヘルダイヴァーとアヴェンジャー一〇機ほどが「伊勢」と「日向」にも襲い掛かったが、まるで得体の知れない両航空戦艦の艦容に眉をひそめて、残る大半の攻撃機が全通式の飛行甲板を持つ「信濃」「赤城」以下の四空母へと襲い掛かった。

なかでも、バカでかい船体と広大な飛行甲板を持つ「信濃」と、日本の航空母艦の代名詞ともいえる「赤城」は、格好の標的とされた。

狙われた四空母は高速で疾走しながら懸命に敵機の投弾をかわそうとする。それをものともせずヘルダイヴァー数機が先陣を切り、いよいよ急降下を開始した。が、その刹那に帝国海軍の艦艇が猛然と対空砲を浴びせ掛け、かつてないほど激烈な弾幕を展張した。

とくに四隻の空母はいずれも対空射撃用レーダー「二号四型改二」電探を装備しており、その射撃はことのほか正確だった。さらに装甲空母「信濃」は、ロケット噴進砲と対空機銃を一四四挺も装備している。

それら対空火器が一斉に火を噴き、ヘルダイヴァー、アヴェンジャーともに一三機ずつが機体を破損、にわかに突入を断念した。

噴進砲は有効射程が一五〇〇メートルで命中精度も知れていたが、実戦で初登場ということもあって、かなりの威嚇効果を発揮した。

すさまじい対空砲火によってさらに攻撃兵力を減殺され、結局、攻撃を開始することのできた米軍攻撃機はヘルダイヴァー四二機とアヴェンジャー三三機の計七五機にとどまった。いや、七五機もの米軍攻撃機が弾幕の突破に成功した。

第二、第三航空戦隊は敵機の進入を次々とゆるしてしまい、三〇分に及ぶ対空戦闘の結果、装甲空母「信濃」が爆弾四発を喰らって中破の損害を受け、空母「葛城」も爆弾一発を喰らって中破にちかい損害をこうむった。

いや、それだけではない。

さらに航空戦艦「日向」に爆弾一発と魚雷一本が命中し、空母「赤城」にいたっては爆弾四発と魚雷二本を喰らって速度が大幅に低下、艦上も火の海と化した。

命中した爆弾は全部で一〇発、魚雷の命中も計三本を数え、米軍・降下爆撃隊は二三・八パーセントの命中率を計上、雷撃隊も稚拙な攻撃にもかかわらずなんとか九・一パーセントの命中率を計上して、米軍・第一次攻撃隊は全体で一七・三パーセントの命中率を挙げていた。

とくに降下爆撃隊は日本軍・江草艦爆隊に匹敵するほどの命中率を挙げていたが、空母の防御力の差は歴然としていた。

命中したのはいずれも破壊力の大きい一〇〇〇ポンド爆弾だ。四発もの爆弾を喰らったのにもかかわらず、飛行甲板に施された装甲がものを言って、「信濃」は速度低下も起こさず、まったくけろりとしている。いや、実際には、制動索二本と制止索一本を断ち切られ、その復旧に三〇分ほど掛かりそうだったが、「信濃」はいまだ戦闘力を充分に保持している。ただし同時に、三連装の機銃座三基を破壊されていたので、完全な状態へ復旧するのには、一度、基地で本格的な修理を受ける必要があった。

また、爆弾一発を被弾した「葛城」も消火に成功、四〇分ほどで戦闘力を回復できそうだった。

さらに、航空戦艦「日向」は速力が二一ノットまで低下していたものの、戦闘行動におよそ支障はなかった。

が、問題は「赤城」である。

三航戦の旗艦・空母「赤城」には草鹿龍之介中将が座乗している。四発の爆弾を被弾した同艦は飛行甲板をあとかたもなく破壊されて航空母艦としての機能を完全に失い、二本目の魚雷を喰らった直後に速力も二二ノットまで低下していた。しかも艦内が業火にみまわれて消火に手間取り、ついに火災が艦の奥深くまで達して機関部に注水せざるをえず、「赤城」の出し得る速度は、いきおい一二ノットまで低下してしまった。

「本艦は、いまだ自力航行が可能ですが、消火後も速力は一二ノット以上に上がらず、遺憾ながら戦闘力を奪われました」

艦長の貝塚武雄《かいづかたけお》少将（海兵四六期卒業）がそう報告すると、草鹿は黙ってうなずくほかなく、旗艦を空母「天城」へ移すことにした。

そして角田中将の同意を得て、「赤城」を一旦マーシャルへ退避させることにしたが、結果的にそれがよくなかった。

草鹿は駆逐艦「岸波《きしなみ》」を経由して午前九時には空母「天城」へ移乗したが、味方空母群から離れて航行し始めた「赤城」が、不意に米潜水艦から雷撃を受け、午前九時一二分にあっけなく撃沈されてしまったのだ。

貝塚艦長は「赤城」から脱出する間もなく艦と運命をともにし、戦死後は中将に昇進した。

これまで幾多の戦火をくぐり抜けてきた歴戦の空母「赤城」をまんまと沈めたのは潜水艦「ハリバット」だった。

それはたしかに殊勲だったが、その直後に同艦は「赤城」に随伴していた駆逐艦「沖波《おきなみ》」から執拗に爆雷攻撃を受け、「ハリバット」は遭えなく返り討ちにされてしまう。

いっぽう、空襲は午前八時三〇分過ぎに止んでおり、第一、第二機動艦隊は空母「赤城」を喪失して、航空戦艦「日向」が中破、空母「葛城」と装甲空母「信濃」も中破にちかい損害をこうむっていたが、米軍・第五八機動部隊を見事に退けて完勝をおさめたのだった。

激しい空戦と燃料切れなどにより米軍・第一次攻撃隊はおよそ二〇〇機を失っていたが、残存の攻撃機一八〇機余りはすべてオアフ島の飛行場へ引き揚げて行った。日本の空母群が一時西方へ向けて退避したため、結局、米軍攻撃機はいずれも二一〇海里以上の進出を強いられていた。

かたや、米空母を攻撃した第一波、二波の攻撃機は午前八時一五分ごろから味方空母群の上空へ順次、帰投し始め、敵機の空襲が止むのを待ってから着艦を開始、迎撃に上がっていた陣風改もふくめて、その全機が午前九時三〇分までに収容された。迎撃戦闘機隊の陣風改は米軍攻撃隊との戦いで三八機を失い、残る機数は一七一機となっていた。

また、いちはやく西へ退避して空襲をまぬがれていた第二機動艦隊の旗艦・空母「雲龍」は、午前八時四五分ごろに三機の二式艦偵を発進させて米軍機動部隊の動向を念のために確かめたが、午前一〇時の時点で、東方二五〇海里圏内にもはや米空母は一隻も存在しなかった。

三機からの索敵報告を受け、角田、大西両中将はこれでいよいよ勝利を確信したのである。

8

大敗北を喫した米軍・第五艦隊の軍容はもはや出撃時の面影もないほど落莫としており、その全艦艇がアレヌイハハ海峡（ハワイ島とマウイ島をへだてる海峡）を通過してアメリカ本土西海岸の基地へと引き揚げて行った。

オアフ島近海から米空母を一掃し、ハワイ周辺海域の制空権をほぼ手中におさめたからには、それをより確実にするために第一、第二機動艦隊はオアフ島の米軍飛行場に再攻撃を加えて、敵基地航空兵力を根絶やしにしておく必要があった。

しかし、それには攻撃を急ぐ必要がある。できれば午前中に攻撃を仕掛けたいところだが、それはすこしきびしい注文だった。

各母艦が帰投機の収容を完了したのが午前九時三〇分のこと。オアフ島に対する攻撃隊を準備するのにそれからたっぷり一時間三〇分を要し、その第一波攻撃隊が発進準備を完了したとき、時刻はすでに午前一一時になろうとしていた。

ところで第一、第二機動艦隊は、米軍・第五八機動部隊との戦いでおよそ二九〇機を失い、一二月五日・午前一一時の時点で残る飛行可能な艦載機は計六二四機となっていた。

ただし、これら六二四機には、現在索敵から帰投中の二式艦偵三機と「伊勢」「日向」から移された彗星、天山一二機ずつがふくまれており、航空戦艦二隻の格納庫はすっかりもぬけの殻となっていた。ちなみに六二四機の内訳は、陣風改三〇三機、彗星一五〇機、天山一四一機、彗星五二型が二七機、二式艦偵が三機であった。

さらにいえば、両機動艦隊の後方から進軍して来る護衛空母五隻の艦上にも計七二機が残されている。

六五〇機を優に超える艦載機が在るため、ハワイ周辺の制空権を掌握するのはそうむつかしくはないはずだが、オアフ島に対する再攻撃はやはり午後からになってしまった。

オアフ島へ向けての第一波攻撃隊の発進は午前一一時となり、第一波の攻撃には、陣風改一四四機、彗星七八機、天山七五機の計二九七機が参加した。空襲を受けた「信濃」と「葛城」もすでに飛行甲板の応急修理を完了しており、両空母ともやすまず攻撃機を発進させた。

続けて午前一一時四五分には、第二波攻撃隊として陣風改一二三機、彗星七二機、天山六六機の計二六一機も飛び立って行った。

　第一波、二波を合わせて五五〇機を超える大兵力だが、角田、大西両中将は、今しばらくは〝味方空母が空襲を受けるようなことはない〟と判断して、手元には三六機の戦闘機しか残さず、残る二六七機の陣風改をすべて攻撃に動員した。

　ただし「赤城」が敵潜水艦に沈められたということもあり、二七機の彗星五二型は対潜哨戒機として手元に残しておいた。

　はたして、攻撃に多くの戦闘機を割いたことはいかにも正解だった。

　攻撃はやはり午後になり、第一波攻撃隊は午後零時四〇分ごろにオアフ島上空へ進入、ただちに攻撃を開始したが、そのときにはもう米軍各飛行場の復旧工事がかなり進んでおり、七〇機ちかくもの米・陸海軍戦闘機が第一波攻撃隊を迎撃して来たのだった。


　第一波を率いて出撃した江草少佐は、はやくも飛行場を使用可能にしてきた米側のすばやい対応に驚かされたが、攻撃隊には一四四機もの陣風改が随伴していたので事なきを得た。

　迎撃に上がって来た敵戦闘機のなかには新型のP51などもふくまれていたが、それら米軍戦闘機は、二倍以上の陣風改を相手にして戦わねばならず、攻撃隊本隊の彗星や天山にはおよそ手出しができなかった。

　陣風改が敵戦闘機を空戦へ引きずり込んでいるあいだに、彗星や天山は容赦なく復旧作業の進む敵飛行場に猛爆撃を加え、オアフ島の米軍航空基地をことごとく破壊、またもや使用不能な状態におとしいれた。滑走路が使用不能となり、迎撃に飛び立った米軍戦闘機は基地へ降りるに降りられず、補給も受けずに戦い続けるしかなかった。

そこへ日本軍・第二波攻撃隊が来襲。第二波にも一二三機の陣風改が随伴しており、結局、米側は空戦で六〇機ちかくの戦闘機を失った上に地上でも五〇機以上を撃破され、オアフ島の米・陸海軍航空隊は再び壊滅状態におちいり、その活動を完全に封じられたのだった。

この時点でハワイ周辺の制空権はもはや完全に帝国海軍の手に握られていたが、第一、第二機動艦隊はさらに機数をしぼって第三波攻撃隊（およそ二〇〇機）を編成、日没までにオアフ島をもう一度空襲し、今度は港湾施設や防御陣地などにも徹底的に攻撃をくわえた。

そして、その間にニミッツ大将は、艦隊によるハワイ防衛をついに断念、二機のカタリナ飛行艇に司令部幕僚を分乗させてオアフ島から脱出したのであった。

いっぽう帝国海軍は、日付けが変わった一二月六日・未明には、連合艦隊主力の戦艦、重巡などで、オアフ島を大きく取り囲み、飛行場や基地の防御施設に容赦なく艦砲射撃をくわえた。

また六日・夜明けには、第一、第二機動艦隊が再び攻撃隊を放ってオアフ島の米軍各施設を徹底的に破壊。さらに六日・午後には、いよいよ上陸船団がオアフ島近海へ到着し、北部のサンセット海岸と南部のワイキキ海岸の双方から一斉に上陸作戦を開始した。

部隊上陸後も連合艦隊の戦艦以下はオアフ島を海上封鎖して砲弾をしこたま撃ち込み、第一、第二機動艦隊は艦載機を放って空襲を繰り返し帝国陸軍の進軍を支援した。もはやこうなると、飛行場の復旧は見込めず援軍も期待できないため、ハワイ防衛軍の士気は大きく低下した。

しかし、それでもハワイ防衛アメリカ軍は約二週間にわたって抵抗を続けたが、一二月一二日にはまずホイラー飛行場が陥落、一二月一九日にはヒッカム飛行場およびパール・ハーバーも陥落して、帝国陸海軍はついにオアフ島の占領に成功したのである。

日本側が捕虜にした米軍将兵は七万名ちかくにも及び、そのなかにはおよそ二〇〇〇名の陸海軍搭乗員もふくまれていた。

第三章　ルーズベルトの大誤算

1

ワシントン・D・C、ことにホワイト・ハウスにはすきま風が吹いていた。本人の落ち込み様がはなはだしく、側近のハリー・ホプキンスでさえうかつに声を掛けることができない。かつてない悪報に接して、ルーズベルトは体調をくずし、持病（ポリオ）が悪化、一二月一九日以降は血圧が常時〝二〇〇〟を超えるようになっていた。

フランクリン・D・ルーズベルトの寿命はじつはあと数ヵ月で尽きようとしていた。が、むろん本人は、いまだそのことをはっきりとは自覚していない。せっかく四選を果たしたのだから病魔をねじふせて政務を執りおこなう必要がある。

それは当然だが、顔を見せれば、ハワイを占領されて〝本当に日本に勝てるのかっ⁉〟と追及されるに決まっていたので、ルーズベルトは極力人目を避けていた。いや、堂々と出てゆきたいのは山々だが、身体がそれをゆるさなかった。記者などを相手に強弁をくりかえせば、血圧が今よりさらに上昇するのは必定。人前でぶざまに倒れてもおかしくないほど〝危険だ……〟ということぐらいは本人も自覚していた。万にひとつでも本当に倒れるようなことがあれば、それこそ全国民に不安をあたえてしまう。

――本当にルーズベルトで大丈夫か……!?

アメリカ国民にそう思われることがルーズベルトは最もおそろしかった。幸い選挙人投票は終わっており、ルーズベルトが次の大統領に就任することはもはや確定している。

仮にもし、まさに今日（一二月二一日）、ルーズベルトが死去するようなことがあれば、副大統領への就任が確定しているハリー・S・トルーマンが大統領に昇格し、トルーマンがあらためて新しい副大統領を指名することになる。

だが、ルーズベルトはトルーマンのことをあまり信用していなかった。みずからが選んだ副大統領候補はヘンリー・A・ウォレスだったが、ルーズベルトの健康問題を危惧した民主党・保守派の重鎮らが「イエスマン」として定評のあるトルーマンをルーズベルトに押し付けたのだ。

万一、ルーズベルトが斃《たお》れた場合に、左派色の強すぎるウォレスが大統領になると〝困る〟というのが保守派・重鎮らの考えで〝トルーマンなら操縦しやすい〟とみたのだった。

――ウォレスが副大統領なら、ソ連ともうまくやれるのに……、トルーマンのような〝小物〟はまったく当てにならん！

そう考えていたルーズベルトは、あくまでも自身で政務を執り続けようとした。

そして、オアフ島を占領されはしたが、ルーズベルトは、日本に〝負ける〟というようなことはいまだすこしも考えていなかった。

南太平洋では、マッカーサー軍がこれまでにない勢いで進軍しており、オランダ領インドを奪い返せば、日本から石油を取り上げることができるからである。

だが、日本を文字どおり〝油断〟へ追い込むには、いくら早くてもあと半年は掛かる。

しかも、ハワイを占領されたままでは、南太平洋方面への兵力輸送に重大な支障をきたす恐れがあるため、オアフ島だけは、なんとしても早急に奪還しておく必要があった。

――オアフ島さえ奪還できれば、日本など、ものの数ではない！

さはさりながら、味方機動部隊が壊滅状態にあるので事はそう簡単ではなかった。いや、対日戦は今、最大の〝難局をむかえている〟といっても過言ではなかった。

なにせ、ただちに作戦可能なエセックス級空母が〝ゼロ〟となってしまったので、さしものルーズベルトも眼がくらむほどの衝撃を受け、一時は茫然自失の状態におちいった。

健康を害した理由の半分以上はそのことが原因だった。もはや第五艦隊は空母艦隊の体を成しておらず、まともに戦えないような状態だ。作戦できない以上、第五艦隊は解体され、司令長官のジョン・H・タワーズもおのずと解任されることになった。

それにしても指揮権を下僚に委ねて逃げ帰ったタワーズの無能ぶりには、ルーズベルトも呆れるばかりで、タワーズは即日、中将に降格となって艦隊司令長官を罷免《ひめん》され、海軍省あずかりの状態のまま、タワーズの最終的な処遇はいまだ決められていなかった。

が、これで、三人もの大将をみずからの手でクビにしたことになり、ルーズベルトは、いよいよ元凶は〝イソロク・ヤマモトにちがいない！〟と決め付け、敵意をむき出しにした。

――またしてもヤマモトにしてやられた！

けれどもそれは、ルーズベルトの完全な勘ちがい、というか、買いかぶりであった。

このたびの「ハワイ攻略作戦」は軍令部・作戦班長の樋端久利雄《といばなくりお》大佐がほとんど〝独力で立案計画したもの〟といってよく、山本五十六は樋端の臨機応変な頭脳に救われて、事実上、その計画を承認しただけにすぎなかった。

いや、樋端はまだ一介の参謀にすぎず、ルーズベルトはその存在を知りもしなかったが、それはともかく、オアフ島を奪還するにはエセックス級空母をそろえて機動部隊の戦力を立てなおすしかない。ところが、唯一沈没をまぬがれた空母「エセックス」も修理に三ヵ月を要する損傷をこうむっており、同艦が戦列に復帰するのは〝三月下旬ごろのことになる〟と報告された。

したがって、オアフ島奪還作戦をやるにしても四月以降のことになる。それにエセックス級空母の建造前倒しはすでに実施していたので、さらにそれをやるのは至難の業だった。

そして、キングやニミッツの反対を押し切ってレイモンド・A・スプルーアンスを解任したのはルーズベルト自身にほかならず、またもや二人を呼び付けてあれこれ指図するようなことは、さしものルーズベルトも気がひけた。

二人と話し合えば、スプルーアンスの罷免はまちがいであった、ということをすっかり認めねばならず、そこからまず、話を始めるようなまわりくどいことはやっても意味がないし、得るものがなにもなかった。

いや、キングやニミッツにとっては、無意味な話し合いではないかもしれなかった。

けれども、ルーズベルトにとって二人と話し合うことは、下手に体力を消耗するだけで、なにも得るものがない。

——やるべきことはオアフ島の奪還と決まっているのだ……。だから作戦について話し合うようなことはなにもない！

そう考えたルーズベルトは、海軍長官のジェイムズ・V・フォレスタルを呼び出し、当人と直接話し合うことにした。

フォレスタルは、ほかでもないルーズベルトの抜擢によって一九四〇年八月に海軍次官となっており、ウィリアム・F・ノックスの死去にともないそのあとを受け、一九四四年五月に海軍長官に就任していた。

なるほどルーズベルトの眼にくるいはなく、フォレスタルはなかなかのやり手だった。

海軍次官に就任した時からフォレスタルは戦時工業生産の動員にめきめきとその手腕を発揮し始め、エセックス級空母の増産や工期短縮がことのほか順調にはこんだのは、フォレスタルの力量に負うところが〝大〟であった。

ノックス長官が斃れるや、フォレスタルがその後任に最もふさわしいことは衆目《しゅうもく》の一致するところであり、海軍長官に就任したばかりでなく空母建造に関する彼の功績は高く評価されて、のちに完成する排水量六万トン級の超大型空母は「フォレスタル」の名を冠することになる。

しかし、そんなフォレスタルにとっても、エセックス級空母のさらなる建造〝前倒し〟は、無理難題であるにちがいなかった。

「知ってのとおり、またもや惨敗だ。機動部隊の戦力を早急に立てなおす必要がある！」

ルーズベルトがそう切り出すと、フォレスタルはにわかに嫌な予感がしたが、その予感はやはり的中した。

「現在建造中のエセックス級空母だが、その工期をこれ以上、早めるのは無理かね?」

このたびのハワイ防衛戦に間に合わせることはできなかったが、およそ一ヵ月前の一一月二六日には空母「ボンノムリチャード」が新たに竣工しており、同艦を除いても現時点(一九四四年一二月現在)で起工済みのエセックス級空母はいまだ一二隻も存在した。

それら一二隻がすべて竣工すれば、当然、日本海軍の空母兵力をはるかに上まわれるが、問題はその竣工時期だった。

「これ以上の工期短縮は、至難ですが、お望みの期限はいつごろでしょうか?」

本来は快活なフォレスタルがいつになく声の調子を落としてそう訊き返したので、ルーズベルトも、これ以上の工期短縮は〝よほどむつかしそうだな……〟と観念せざるをえなかった。

ルーズベルトとしては、「エセックス」が修理を終えて作戦可能となる四月をめどにして機動部隊の戦力を立て直したいところであったが、フォレスタルの様子からして、それはとても不可能であるにちがいなかった。

「いや、本当は四月と言いたいところだが、あまり現実味のない期限を無理に設けても、かえって現場の足を引っ張ることになるだろう……。金に糸目は付けぬから、ここは、きみに大鉈《おおなた》をふるってもらい、その手腕に期待するしかない。実現可能な最短の案を早急に検討し、その上で具体的な変更案をそちらから示してもらいたい」

大統領からこのように言われるとフォレスタルも納得することができ、ここはやれるだけのことを〝やってみるしかない！〟と、およそ前向きな気持ちになれた。

「わかりました。でしたら、できる限りのことはやってみます。ですが、具体案の作成に一週間ほど時間をいただけますでしょうか？」

むろん変更計画の立案に、一週間程度は時間が必要だろうから、ルーズベルトもここは機嫌よくうなずいてみせた。

「もちろんかまわん。一週間後の回答案に期待して、じっくり待つことにしよう」

はたして、フォレスタルは約束の期日より一日はやく、一二月二七日にエセックス級空母の工期短縮案を作り、大統領に手渡した。

エセックス級空母（四五年八月までの竣工艦）

①「ボンノムリチャード」
　四四年一一月二六日／竣工済み

②「アンティータム」
　四五年一月／竣工予定↓二月に延期

③「ボクサー」
　四五年四月／竣工予定↓三月に変更

④「レイクシャプレーン」
　四五年六月／竣工予定↓五月に変更

⑤「サラトガⅡ」
　四五年一一月／竣工予定↓八月に変更

⑥「ヴァリーフォージ」
　四五年一二月／竣工予定↓八月に変更

※西暦（年）を下二桁のみで表記

この変更案を見てルーズベルトは頭をかかえざるをえなかった。

そもそも現在建造中のエセックス級空母一二隻は、当初の計画のまま建造した場合、そのうちの半数に当たる六隻しか一九四五年中に完成しないのであった。

換言すれば、残る（この表に載らない）六隻は起工してから日がまだ浅く、一九四六年以降にしか完成しないということになる。

そしてルーズベルトは、遅くとも一九四五年の夏までには、どうしても〝ハワイを奪還しておく必要がある！〟と考えていた。

そのころにドイツはもはや降伏しており、秋口にもなると、ソ連が〝大兵力を極東へ移動させて来る〟と予想される。「日ソ中立条約」を破棄して対日参戦するためである。

ソ連の対日参戦は望むところだが、オアフ島を失った今となっては事情がちがってきた。ハワイを占領された状態のままだと、対日戦における自国（アメリカ合衆国）の影響力が大きく低下してしまう。ハワイを失ったままの状態で「日本本土上陸作戦」は到底実施できない。ソ連に先を越されて赤軍が日本本土へ先に上陸し、日本がソ連の支配下へ一方的に組み込まれてしまう。

それを避けるためにアメリカ軍は、おそくともソ連軍と同時に日本本土へ上陸し、最悪でも日本を〝分割統治〟できるような状態にしておく必要がある。でないと、大戦後の世界秩序は、ソ連の主導で形成されてしまい、アメリカ合衆国の出る幕がおよそなくなるのであった。

だから、ソ連が対日参戦するまでに、ぜひともハワイを奪還しておかなければならない。

これはじつに最悪のケースだが、ハワイを日本軍に占領されたままの状態で、日本がもしソ連に敗れるようなことがあれば、ヨシフ・スターリンは、アメリカに対して〝ハワイ統治〟の権利をも主張してくるかもしれない。

——日本をやっつけたのはソ連だから、日本の支配下に在ったもの（ハワイも入る）は、すべてソ連がいただく！

いや、ルーズベルトはこれまでソ連に散々恩を売ってきたので、スターリンもさすがにそれほど強欲なことは言い出さないかもしれないが、ハワイを〝アメリカへ返してやる〟から、その代わりに、日本の委任統治領であるマーシャル、トラック、パラオ、マリアナ諸島などは〝ソヴィエトが全部いただくことにする！〟と平気で言い出してくる可能性があった。

もしそうなれば、太平洋のほぼ半分は〝ソ連のもの〟となってしまい、いくら親ソ傾向の強いルーズベルトといえども、それほどまでのソ連の大拡張はゆるすことができず、断じて認められないのであった。

だから一九四五年八月ごろまでになんとしてもハワイを奪還しておく必要がある。

問題は、フォレスタルの変更計画で八月の竣工が見込まれている「サラトガⅡ」「ヴァリーフォージ」の二隻だが、八月に竣工していたのでは「ハワイ奪還作戦」をやるにしても当然これら二隻は間に合わない。おそくとも六月中に二隻とも完成させておく必要があった。

この案をじっくり見すえて、無理を承知の上でルーズベルトが切り出した。

「すべて六月中に竣工できないかね？」

それに〝不可能です〟とフォレスタルがきっぱり断ろうとすると、それを制して先にルーズベルトが口をつないだ。

「いや、それがむつかしいことはよくわかっているが、そのために③の『ボクサー』は原案どおり四月の竣工にもどしてもかまわないし、それでも無理なら④の『レイクシャプレーン』も原案どおり六月の竣工にもどしてもよい。……とにかく来年夏までになんとしてもハワイを奪還しておく必要がある。そのためどうしても六月中に『⑤サラトガⅡ』と『⑥ヴァリーフォージ』も竣工させておきたいのだが……」

先日の話し合いでルーズベルトは〝四月〟をめどに空母をそろえたいと口走ったが、四月までに竣工する空母が三隻だけではあまりにも少なすぎた。「エセックス」を入れても四隻だ。

エセックス級空母がわずか四隻ではとても日本軍空母艦隊にかなわず、「ハワイ奪還作戦」を仕掛けてもおよそ勝てる見込みがない。それならいっそのこと、「④レイクシャプレーン」「⑤サラトガⅡ」「⑥ヴァリーフォージ」の三隻も加えて作戦実施を七月まで延ばし、エセックス級空母七隻とインディペンデンス級軽空母七隻の計一四隻でハワイ奪還に乗り出したほうが〝まだしも成功の可能性がある〟と、ルーズベルトは考えなおしたのだった。

ちなみに三週間前のハワイ防衛戦から無事に帰還して来たインディペンデンス級の軽空母は「プリンストン」「キャボット」「カウペンス」「シャイロー」「ベントンビル」「モントレイ」の六隻だったが、この一二月にはもう一隻の軽空母「レッドバンク」も竣工していた。

高速空母が計一四隻でも、オアフ島に将来配備されるだろう日本軍基地航空部隊と日本軍空母艦隊の両方を相手にして戦うとなれば、決して味方空母の数は多いといえないが、エセックス級空母は一一〇機程度まで搭載機数を増やせる余地があるし、ハワイ奪還作戦に乗り出すころには三〇隻程度の護衛空母も準備できるはずだから、それで充分〝対抗可能になるだろう〟とルーズベルトはみていた。

新たな変更をにわかにもとめられたフォレスタルだが、あながち悪い気はしなかった。「③ボクサー」と「④レイクシャプレーン」の工期については、大統領がみずから〝原案どおりにもどしてもよい〟と譲歩してくれたからである。

むろんフォレスタルも可能なかぎり、大統領の意向に沿いたい、とは思っていた。

しかしながら、大統領から申し出のあった、二空母の工期を原案どおりにもどしたとしても、いまひとつ現場の手が足りず、大統領の意向に沿うことは、やはり〝むつかしい〟とフォレスタルは結論付けざるをえなかった。

六月中に「⑤サラトガⅡ」と「⑥ヴァリーフォージ」を二隻とも竣工させるのはそれほどむつかしいことだったが、先日、大統領は〝金に糸目は付けない〟とも言っていた。

そこでフォレスタルは無い知恵を懸命にしぼり出し、苦肉の策ともいえる代替案を思い切って大統領にぶつけてみた。

「民間造船所から海軍工廠《こうしょう》へ工員を派遣させるにはそれなりの金が要るでしょうが、五月中旬から六月末までの約一ヵ月半のあいだ、ジープ空母の建造を一時中止してはダメでしょうか？」

フォレスタルの言う〝ジープ空母〟とはむろん護衛空母のことであり、この場合はトッド・パシフィック造船所（民間）で続々と建造されつつあった、コメンスメント・ベイ級護衛空母のことを指していた。

つまりフォレスタルは、五月中旬から六月下旬までのおよそ一ヵ月半にわたってトッド・パシフィック造船所から海軍工廠へ工員を引き抜き、引き抜いた工員らの手を借りて六月中に、「サラトガⅡ」と「ヴァリーフォージ」を〝なんとか完成させてしまおう〟というのであった。

フォレスタルはさらに言葉をかさねて大統領の同意を得ようとしたが、その必要はまったくなかった。フォレスタルの最初の問い掛けを訊いただけでルーズベルトはにわかに手を打ち、もろ手を挙げて賛成したのである。

「それはよい！　じつに名案だ！　護衛空母の数はもはやそろいつつあるので、増産をそれほど急ぐ必要はない。一時建造を取り止めてエセックス級空母の建造に工員をシフトしよう！」

空母建造にかかわる専門的なことはもちろんルーズベルトにはよくわからず、こうした打開策を提案できるのは〝フォレスタルならでは〟のことであった。

そして今、まさに期待していたとおりの打開案がフォレスタルの口から示されたので、ルーズベルトは大喜びとなって即座に賛成、同時にフォレスタルのことを〝やはり出来るヤツだ……〟とつくづく頼りに思い、その柔軟な思考と手腕にあらためて感服した。

一挙に七隻もの大型空母を失い、正直ルーズベルトも一時は〝どうなることか〟と思った。

けれどもこれで機動部隊再建の道筋がようやく見えてきた。大統領の期待を背負った当人はこれからが大変だったが、フォレスタルは見事、その期待に応えてみせることになる。

いっぽうでルーズベルトは、日本の空母を減らすことも、きっちりと考えていた。

ひとつは空母を対象にした群狼作戦だが、潜水艦による攻撃はおよそ限定的だ。そこでより恒常的な対策も必要になるが、それはイギリス海軍を動かすことだった。

ドイツの「Uボート」はいまだほそぼそと活動を続けていたが、幸いにして一一月一二日にはイギリス空軍爆撃機がドイツ主力戦艦「ティルピッツ」の撃沈に成功しており、ドイツ海軍は事実上終焉を迎えていた。

とりわけウィストン・チャーチル首相は「ティルピッツ」の存在を脅威とみなし、この大型戦艦を目の敵にしていたが、その脅威が今やすっかり取り除かれて、イギリス本国に主力空母や高速戦艦などの最精鋭部隊を張り付けておく必要がなくなった。

そして、一一月にはチャーチル首相がついに本国艦隊の太平洋進出に同意し、一二月にはブルース・A・フレーザー大将を司令長官とする「イギリス太平洋艦隊」が創設された。

フレーザー大将のイギリス太平洋艦隊は、高速戦艦二隻、主力空母四隻からなる空母機動部隊を基幹としており、年明け一九四五年一月から早速活動を開始、順次艦艇兵力を増強しながら、最終的にはオーストラリア・シドニーに根拠地を推し進めることになっていた。

一九四五年以降、マッカーサー軍はイギリス海軍機動部隊から常時強力な支援を得られることになり、ルーズベルトは、まずは南太平洋戦域で攻勢を強め、日本を〝油断に追い込んでやろう〟ともくろんでいたのである。

第四章　再奪還！「水無月島」

1

一二月一二日にホイラー飛行場を占領した帝国陸海軍は、その三日後には滑走路を使用可能な状態に整備して護衛空母搭載の艦載機をまずホイラー基地へ進出させた。また一八日には、第一機動艦隊の陣風改四五機をホイラー飛行場へ追加配備し、その航空支援を受けてオアフ島全域の制圧に成功した。

オアフ島の占領が確実になった一八日・夕刻には第一、第二機動艦隊はミッドウェイ方面へ軍を取って返し、二一日・夜明けを期してミッドウェイの米軍飛行場を空襲。延べ八〇〇機、夕方まで四波にわたる攻撃隊を繰り出してミッドウェイの米軍航空兵力も一掃した。

このミッドウェイに対する攻撃で第一、第二機動艦隊は、およそ五〇機を失いはしたが、それでも戦闘可能な空母一二隻の艦上にはいまだ五〇〇機以上の艦載機が残されていた。

そのうちの二二五機は第一機動艦隊・一航戦の三空母「大鳳」「翔鶴」「瑞鶴」の艦上へ残留することになり、これら三空母は内地へ帰還することなく二四日・午後に真珠湾へ入港した。

すでに真珠湾は帝国海軍の手に落ちており、入念な掃海がおこなわれていたのだった。

　また残る艦載機二八〇機余りのうち、二〇〇機余りがフォード島、ヒッカム、ホイラーの三飛行場へ分かれて舞い降り、ハワイ防衛用の基地航空隊としてオアフ島へ配備されることになった。

　フォード島およびヒッカム飛行場も、かれら母艦航空隊が破壊した米軍機の残骸でいまだあふれかえっていたが、それらを三日ほど掛けて滑走路から取り除き、一二月二三日には両基地とも一応離着陸可能な状態にされていた。

　さらに、残る八〇機の艦載機は対潜哨戒および不測の事態に備えて一航戦以外の母艦九隻に残されていたが、それら空母九隻にはオアフ島沖で損傷した「信濃」「葛城」もふくまれており、航空戦艦「伊勢」「日向」などとともに一度は内地へ帰投させて、艦の修理と機材の補充をおこなっておく必要があった。

　かたや真珠湾には、一航戦・三空母のほかに中部太平洋艦隊の旗艦・軽巡「大淀《おおよど》」や、第一支援艦隊の戦艦群および第二支援艦隊の重巡群なども居残り、米軍がハワイ奪還に乗り出して来た万一の場合に備えていた。

　第一航空戦隊・三空母の搭載機もふくめて、オアフ島防衛用に残された航空兵力は全部で五五〇機以上となっていた。

　しかし、これらはすべて艦載機であり、いずれ近いうちに陸攻、陸爆などの基地航空部隊と交代させる必要がある。それら陸攻などを自力でオアフ島へ進出させるために、ぜひともミッドウェイ島の再占領を急ぐべきだった。

　同島さえ確保すれば、ミッドウェイ島、ウェーク島などを経由して、陸攻、陸爆などが自力でオアフ島へ進出できるのだった。

一二月二一日に実施した機動空襲作戦でミッドウェイの米軍航空兵力はほぼ壊滅しており、あとは部隊を上陸させるのみとなっていた。

二三日には一応、ヒッカム、フォード島基地の滑走路も使えるようになり、まずは安心できる程度にオアフ島の防衛体制がととのった。

そして二四日・午後には、戦艦四隻、護衛空母二隻、重巡六隻などを基幹とする「ミッドウェイ攻略部隊」が真珠湾から出撃。猛烈な艦砲射撃を実施したあと、二八日・朝には部隊（ハワイ攻略部隊の一部、海軍陸戦隊・約七〇〇〇名）が上陸を開始したが、米側の思わぬ抵抗に遭って島上の戦いは意外に長引き、年明け・一月二日になってようやく帝国海軍は、ミッドウェイ島の奪還に成功したのである。占領後、同島は「水無月島」と改名された。

2

連合艦隊の旗艦・戦艦「武蔵《むさし》」は、第一戦隊の僚艦・戦艦「大和《やまと》」を伴って、一航戦以外の空母九隻などとともに一二月三〇日に内地へ帰還して来た。

ハワイ・オアフ島の防衛は一時、中部太平洋艦隊司令長官の小沢治三郎《おざわじさぶろう》中将に任せておき、連合艦隊司令長官の古賀峯一《こがみねいち》大将は一旦内地へ帰朝したハワイ占領後の善後策を練ろうというのであった。海軍省および軍令部とも今一度、話し合っておく必要がある。

南太平洋ソロモン戦線ではブーゲンヴィル島への敵上陸をゆるし、米軍がかつてないほど攻勢を強めている。

そのため、連合艦隊のやるべきことは山積していた。オアフ島の防衛体制もさらに強化しておく必要がある。

ハワイ占領に成功したあとオアフ島の基地航空兵力をすみやかに増強するため、内地では吉良《きら》俊一《しゅんいち》中将（海兵四〇期卒業）を司令官とする「練習連合航空隊」が、九ヵ月ほど前から新規搭乗員の育成、訓練にはげんでいた。

休戦期間中にその初代司令官を務めていた戸塚《とつか》道太郎《みちたろう》中将（海兵三八期卒業）は、みずからが育成した搭乗員を駆ってブラウン基地へ進出し、「第一航空艦隊」の司令長官となって米軍機動部隊の撃退にひと役買っていた。そのあとを受けた吉良俊一は病のため同期の寺岡謹平《てらおかきんぺい》に職をゆずることになったが、搭乗員の訓練はすでに成り、みなが出番を待っていた。

ガ島を放棄して航空消耗戦を避けたため、訓練した搭乗員をラバウルへ小出しにせずに済み、当初の計画どおりハワイ防衛用の航空隊を温存することができた。

ハワイ防衛用の基地航空隊としてこのたび新たに「第二航空艦隊」が創設され、寺岡がその司令長官に就任、吉良俊一が育成した搭乗員を駆ってオアフ島へ赴くのだ。

用意できた兵力は銀河《ぎんが》一四四機、一式陸攻七二機の計二一六機。そのほか、ジョンストン基地に残留していた六六機の銀河や二式飛行艇三六機も第二航空艦隊の指揮下へ加わり、さらに内地で訓練の成った戦闘機乗り・約一八〇名もオアフ島へ進出することになっていた。占領後、仮に同島に残留していた陣風改の搭乗員と、彼ら新規搭乗員を入れ替えて、人員のみを交代させる。

現在オアフ島上で防衛に当たっている陣風改はすべてもともとは第一、第二機動艦隊に所属していた機体であり、それらオアフ島に残留している陣風改の母艦搭乗員は、内地から赴く新規搭乗員よりも当然ながら練度が高い。

それら練度の高い母艦搭乗員を内地へ呼びもどし、先に内地へ帰還して来た空母九隻の航空隊へもう一度配属させる。彼ら実戦経験のあるベテラン搭乗員は、空母への発着艦や夜間飛行術など特別な技量を持つため、戦の主役となる空母艦隊にはどうしても欠かせない。が、彼らを呼びもどすのには、もうひとつ大切な理由、というか事情があった。

内地へ帰投して来た空母九隻の航空隊には、陣風改ではなく〝新しい艦上戦闘機〟が用意されていたのである。

かたや、同じくオアフ島へ一旦配備された彗星や天山など(一航戦・三空母の艦載機はもちろん除く)の攻撃機は、このたびオアフ島へ進出する第二航空艦隊の銀河や陸攻などと入れ替わるようにして、搭乗員だけでなく〝機体ごと〟内地へもどって来る。彗星、天山を合わせて約一五〇機の内地への輸送には、護衛空母五隻が当たることになっていた。

年明け一月二日にはミッドウェイ島の再占領に成功し、第二航空艦隊の銀河や陸攻が順次オアフ島への移動を開始した。そして、ジョンストン基地残留の銀河や二式飛行艇もふくめてその全機が一月末までに移動を完了するが、その完了を待たずして一月二四日には護衛空母五隻が真珠湾から出港、二月三日には横須賀へ入港して彗星、天山の輸送任務を無事に果たした。

　また、新規の戦闘機搭乗員は軽空母「祥鳳」に乗ってオアフ島へ移動し、快速の「祥鳳」は、復路にベテランの母艦搭乗員を乗せて一月二一日に横須賀へもどって来た。

　ちなみに「祥鳳」はそのときに、追加で二四機の陣風改をオアフ島へ輸送していた。

　その陣風改を加えて昭和二〇年二月一日現在でのオアフ島の海軍航空兵力は陣風改一八〇機、銀河一八六機、一式陸攻七二機、二式飛行艇三六機の計四七四機となっており、これに残留した一航戦・三空母の艦載機二四九機（その後、基地から二四機を補充）を加えると、オアフ島防衛に資する帝国海軍の航空兵力は全部で七二三機となっていた。米軍機動部隊が壊滅状態にあるので、これだけの航空兵力があれば、ハワイ・オアフ島の防衛はひとまず安心できる。


　寺岡謹平中将の第二航空艦隊は中部太平洋艦隊司令長官・小沢治三郎中将の指揮下へ入り、寺岡中将自身は一月二四日に真珠湾へ着任、ヒッカム飛行場の司令部に将旗を掲げた。

　内地へもどっていた古賀大将は、その知らせを聞いて一応、安堵の表情を浮かべたが、米軍には二〇万名ぐらいの兵力を動員してオアフ島へ再上陸して来る潜在能力があるだろうから、一航戦の三空母だけはどうしても内地へ帰還させるわけにいかなかった。

　大量の護衛空母と一〇隻以上の戦艦を動員して米艦隊がハワイ近海へ押し出して来れば、第二航空艦隊の基地航空兵力だけでそれを防ぎ切れるかどうかわからない。むろん米軍は高速空母群の支援を得られぬため、大きな犠牲を払うことになるだろうが、決して油断はできなかった。

そのため第一機動艦隊司令長官の角田覚治中将は、引き続き装甲空母「大鳳」に将旗を掲げ、そうした不測の事態に備えている。帝国海軍の最精鋭部隊にちがいない「大鳳」「翔鶴」「瑞鶴」の主力空母三隻が真珠湾でにらみを利かせているかぎり、米艦隊もそう簡単にはオアフ島へ近づけないはずだった。

また、一航戦の空母三隻だけでなく、戦艦「長門《ながと》」「陸奥《むつ》」「金剛《こんごう》」「榛名《はるな》」や重巡六隻、さらには強力な第二、第四水雷戦隊なども同じく真珠湾に残してあるので、それら水上打撃部隊の存在もおよそ心強かった。

こうして二月中にはハワイの防衛体制が一応ととのったが、連合艦隊司令部にゆっくり落ち着いているようないとまはまるでなかった。南太平洋では〝足元〟に火が点いている。

足元というのはむろん帝国海軍の一大航空拠点ラバウルのことで、万一、ここを抜かれてしまうと、米軍は一挙に南方資源地帯まで迫って来るにちがいなかった。

だから、ラバウルが活きているあいだに、これを支えとして、わがもの顔で進軍中の米軍に痛撃を加え、なんとしてもその進撃を喰い止めておく必要があった。

ラバウルが〝活きているあいだに〟というのは決して大げさではない。休戦期間中に帝国海軍はラバウルの航空兵力をおよそ三五〇機、ガ島周辺基地の航空兵力もおよそ二〇〇機にまで増勢していたが、休戦協定を一方的に破棄した米軍から航空奇襲攻撃を喰らってまず約二〇〇機を失い、その後トラックからおよそ二五〇機を追加派兵したにもかかわらず、ガ島を失う結果となった。

トラックからの追加配備により、ラバウルの航空兵力は一時四〇〇機にまで回復し、ガ島およびブーゲンヴィル島の航空兵力も合わせて二〇〇機にまで回復していた。が、ガ島失陥時にまたもや二〇〇機以上を失い、昭和一九年一一月の時点でラバウル航空隊の兵力はおよそ三四〇機、ブーゲンヴィル航空隊の兵力もおよそ五〇機にまで減らされていた。

ソロモン、ニューギニア方面では防衛に徹して徹底的に航空消耗戦を避けていたのにもかかわらず、帝国海軍は一一月までに、四〇〇機以上もの航空兵力を失っていたのだ。

そして一二月にはいよいよブーゲンヴィル島に敵が上陸し、この二月を迎えるまでにブーゲンヴィル航空隊はついに壊滅、ラバウル航空隊の兵力も二〇〇機を切るほどに激減していた。

二月一日現在で、北端のブカ島飛行場はいまだ活きていたが、ブーゲンヴィル本島のほぼ全域が米側の手に落ち、ラバウル航空隊の兵力は一八〇機にまで減らされていた。この約一年間でラバウルとその周辺航空隊は合わせて六五〇機以上もの航空兵力を失っていたのである。

このたびの米軍の進攻作戦はそれほど強力かつ本格的であり、一月四日には東部ニューギニアのサラモア、一月二二日には同じくフィンシュハーフェンにも米兵が上陸して来たので、このまま事態を放置すればラバウル航空隊も孤立無援となってしまい、全滅の憂き目に遭うのがもはや時間の問題となっていた。

「ここは強力な機動部隊を派遣して、ラバウル航空隊を支援、米軍に痛撃を加えねば、取り返しの付かないことになります！」

むろん南方資源地帯を失うわけにはいかず、古賀がめずらしく声を大にしてそう訴えると、まず山本五十六が「ハワイを占領できたのがせめてもの救いだ……」とつぶやいて、是非もなくこれに同意し、続けて米内《よない》大将も、なにも言わずにうなずいてみせて、ラバウル方面への機動部隊派遣に同意したのであった。

軍令部総長、海軍大臣、連合艦隊長官の三名が一堂に会して話し合い、南太平洋戦線に〝矛先を転じる！〟と決めたのは、サラモアに米軍が上陸した、ちょうどその翌日・昭和二〇年一月五日のことだった。

第五章　完成「紫電改」「流星」

1

寒い冬がおとずれても、新型機の開発と生産は延々と続けられていた。

中島「誉《ほまれ》」エンジンは性能良好な二一型の生産がもはや軌道に乗り、これを搭載した「紫電《しでん》二一型」が昭和一九年八月から量産を開始。海軍航空本部は同機の艦上機化を急いで、一〇月には艦上戦闘機「紫電改」として制式採用していた。

「誉二一型」エンジンは安定して二〇〇〇馬力の出力を出せるよう改良されており、九月に量産を開始した艦上戦闘機「紫電改」は本格的な折りたたみ翼を採用、いずれも時速三三七ノット以上の最大速度を発揮してみせた。

艦上戦闘機「紫電改」／川西航空機
・乗員一名、（FD‐2レーダー装備可能）
・搭載エンジン／中島・誉二一型
　離昇出力／二〇〇〇馬力
・全長／九・五二〇メートル
・全幅／一一・九二〇メートル
　主翼折りたたみ時／六・二〇メートル
・最大速度／時速三三七ノット
　　／時速・約六二四キロメートル
・巡航速度／時速二〇〇ノット

・航続距離／九八〇海里（増槽なし）
・武装／二〇ミリ機銃×二（二五〇発×二）
／二〇ミリ機銃×二（二〇〇発×二）
・兵装／五〇〇キログラム爆弾一発
※昭和一九年一〇月一日に制式採用

三菱は陣風改の生産を継続していたが、紫電改は、同機よりも最大速度で時速二四キロメートルも上まわり、上昇力については高度六〇〇〇メートルまで〝六分五秒〟と陣風改の性能をはるかに凌いでいた。

紫電改は武装も強力で左右両翼内に二〇ミリ機銃二挺ずつ、計四挺を装備しており、携行弾数も内側の機銃二挺がそれぞれ二〇〇発ずつ、外側の機銃二挺がそれぞれ二五〇発ずつを装備して、計九〇〇発となっていた。

また、陣風などと比べて機体も各段に強化されており、「自動空戦フラップ」と「機上電話」の採用により、空戦能力は格段に向上、飛行時間のすくない搭乗員でも充分に編隊空戦をやれるようになっていた。

紫電改はまさに帝国海軍・艦上戦闘機の決定版といってよく、最大速度、上昇力、空戦能力のどれをとっても対抗馬の「グラマンＦ６Ｆヘルキャット」に優っていた。

いや、紫電改の最大の持ち味はなんといっても強力な武装であり、両主翼内に計四挺を装備する二〇ミリ機銃弾の破壊力はＦ６Ｆのそれを完全に上まわっていた。この弾丸をうまく敵機の急所に命中させることが出来れば、いくら頑丈な米艦上機・三機種といえども一撃のもとに仕留められる可能性を秘めていた。

新米搭乗員にもおよそ扱いやすく、じつは内地へ帰投して来た空母九隻の戦闘機隊には、従来の陣風改ではなく、この「紫電改」が用意されていたのである。

いや、それは正確ではない。川崎は一一月までに九〇機、一二月と一月にそれぞれ八〇機余りをがんばって生産したが、一月二〇日までに全部で二五八機の紫電改を完成させたにとどまり、軽空母以上の母艦には紫電改を行き渡らせることができたが、護衛空母はこれまでどおり零戦や陣風などで我慢することになった。

ところで、考えたくもないことだが日本本土が空襲を受け、航空機メーカーなどがすでに空爆にさらされていたとしたら、新型機の開発や量産は今ごろ頓挫《とんざ》し、紫電改なども必要数を生産できていなかったにちがいない。

けれども、帝国陸海軍がオアフ島の占領に成功し、米艦隊の主力を事実上ハワイより東へ退けることができたため、日本本土が空襲にさらされるようなことはもちろんなく、各航空機メーカーは新型機の開発や生産に支障を来たすようなことがなかった。

また、石油をはじめとする戦略物資も今のところ順調に日本へ輸送されており、「誉」エンジンやレーダー兵器などの生産が滞るようなこともなかった。海軍の航空行政はおおむね計画どおりに進んでいたが、唯一「一七試艦戦」の開発だけは伏兵ともいえる紫電改に先を越されてしまい、三菱の技術陣は煮え湯を飲まされたような格好となった。航空本部はもはや一七試艦戦に対する興味を失い、昭和一九年夏以降は新型〝雷爆撃機〟の開発に力を入れるようになっていた。

一六試艦上攻撃機「流星《りゅうせい》」である。

試作名こそ艦上〝攻撃機〟となっているが、流星はいわずと知れた〝雷爆撃機〟として開発が進められていた。急降下爆撃と雷撃が可能で反跳爆撃に用いることも考慮されており、とくに機数の限られた「夜襲攻撃隊」に配備すれば、運用の柔軟性が増す。出撃機のすべてを雷撃機もしくは反跳爆撃機に統一することが可能で、むろんその配分を均等にすることもできる。また、急降下爆撃が不可能な天山より機体が頑丈で、生存率の向上も期待できる。夜間攻撃が可能な搭乗員の育成は一朝一夕にはいかず、多くの搭乗員が生還できれば、それ以上のことはなかった。

また、昼間攻撃のように艦爆と艦攻が雷爆同時攻撃を仕掛けるような機会もなく、雷装もしくは爆装に統一する合理性もある。

海軍航空本部はまず「夜襲攻撃隊」への配備をめざして流星の開発に心血を注いでいた。

同機の開発もまた、搭載エンジン「誉」の出来次第であったが、昭和一九年夏以降は信頼性の高い「誉二一型」が安定供給されるようになり、それからは愛知航空機での開発がことのほか順調に進んだ。

そして、一〇月末に完成した量産一号機の性能に舌を巻いた航空本部長の塚原二四三《つかはらにしぞう》中将は、愛知に対してただちに追加増産を命じ、一一月には艦上雷爆撃機「流星」として、同機の制式採用に踏み切ったのだった。

艦上雷爆撃機「流星」／愛知航空機
・乗員二名、N八号レーダー標準装備
・搭載エンジン／中島・誉二一型

離昇出力／二〇〇〇馬力
・全長／一一・四九〇メートル
・全幅／一四・四〇〇メートル
主翼折りたたみ時／八・二〇メートル
・最大速度／時速二九二ノット
／時速・約五四〇キロメートル
・巡航速度／時速二〇〇ノット
・航続距離／一〇〇〇海里（雷装時）
・武装／二〇ミリ機銃×二（一二五発×二）
／一三ミリ旋回機銃×一（後部座席）
・兵装
急降下爆撃時／六七〇キログラム爆弾一発
水平爆撃時／八〇〇キログラム爆弾一発
反跳爆撃時／八〇〇キログラム爆弾一発
雷撃時／一〇六〇キログラム航空魚雷一本
※昭和一九年一一月一日に制式採用

量産機は彗星三三型にはわずかに及ばないまでも時速五四〇キロメートルの速力を発揮して、天山三二型の最大速度・時速四六五キロメートルを大きく凌いでいた。

また、流星は、同時進行で開発が進められていた六七〇キログラム爆弾を搭載しての急降下爆撃が可能であり、反跳爆撃時には八〇〇キログラム爆弾を搭載することもできた。

さらに、新開発の一〇六〇キログラム航空魚雷を搭載可能で、その爆撃、雷撃力は彗星や天山を優に凌ぎ、八〇〇キログラム爆弾による反跳爆撃や新型魚雷による雷撃は、排水量二万トン以下の中型空母程度であれば、流星はたった一発の命中弾をあたえただけで、撃沈できるほどの攻撃力を秘めていた。

むろん流星は「N八号」航空レーダーを標準装備しており、夜間飛行もお手のものだが、爆弾倉に多数の小型爆弾を装備することはできず、夜間攻撃時には、彗星などで編成された照明隊を伴う必要があった。

小型爆弾（とくに照明弾など）を多数搭載できるよう将来的には爆弾倉の改造なども検討されていたが、現段階ではそうした大幅な改造にまではさすがに手がまわらなかった。

雷撃も急降下爆撃もこなせる艦上機は米海軍も現在開発（A‐1スカイレーダー）を進めていたが、帝国海軍はそれより一歩先んじて「流星」を生み出したことになる。艦上雷爆撃機という機種は、米・英の海軍はもとより、この時点で世界のどこにも存在せず、「流星」は他と一線を画する海軍期待の〝万能機〟だった。

万能機というのは決して言い過ぎではない。急降下爆撃が可能な同機は九九式艦爆と同等の運動性能をそなえており、戦機たけなわ〝いざ〟というときには戦闘機の代役も果たせる。最大速度は零戦に匹敵し、主翼には破壊力抜群の二〇ミリ機銃も装備しているので、「流星」は空戦も充分にこなせるのだ。

量産一号機が一〇月末のテスト飛行で高性能を発揮して以来、海軍は「流星」の実戦配備をことのほか急いだが、一一月の生産数が三〇機、一二月が約四〇機で、年明け一月二〇日までに生産できた機数は一〇〇機に満たなかった。

むろんそれ以降も急ピッチで生産は続けられたが、新型機に慣れさせるため、搭乗員にはどうしても二、三週間の訓練期間をもうけてやる必要があった。

出撃の時はもはや近づいており、部隊引き渡しの期限は一月二〇日が限度だった。出来立てほやほやの新鋭機「流星」を受領した飛行隊は、ほかでもない「夜襲攻撃隊」であり、北島一良少佐や伊吹正一少佐は配備された九六機の流星を駆って二月八日まで訓練にいそしんだ。

いや、彼ら搭乗員の飛行術はやはり抜群で、二週間もすれば「流星」を手足のように扱えるようになっていたが、同機を運用するのはじつはそう簡単ではなかった。

新鋭機「流星」は機体が重く、一二月の時点で同機を安全に着艦させられる空母は「三式着艦制動装置」を新造時から装備していた、「大鳳」「信濃」「雲龍」「天城」「葛城」の五隻に限られていたのだった。これら五空母はいずれも昭和一九年三月以降に竣工していた。

そのため将来の「流星」運用を見越して、新造時から三式着艦制動装置を装備させるよう、海軍大臣から指示が出されていた。

けれども、それ以前に造られた空母は大小いずれもこれを装備しておらず、とりあえずこの二月初旬までに、空母「加賀」「飛鷹」「隼鷹」および軽空母「龍鳳」「祥鳳」に対しては、着艦制動装置を〝三式〟へ変更するための換装工事が大急ぎでおこなわれた。一月二一日に横須賀へ帰港して来た「祥鳳」も二月四日には工事を完了したが、現在真珠湾に在泊している「翔鶴」「瑞鶴」や護衛空母などは、ついに換装工事を実施する機会にめぐまれなかった。

承知のとおり、南太平洋戦線ではもはや足元に火が点いており、出撃の時が刻一刻と迫っていたのである。

2

二月一日には軽空母「伊吹《いぶき》」が竣工。同艦には三式着艦制動装置がきっちり装備されており、二月四日には流星の発着艦テストも実施した。

その結果とくに問題を生じることもなく、重巡改造の「伊吹」は二月九日には早くも習熟訓練を終えて連合艦隊へ引き渡され、空母「雲龍」、軽空母「祥鳳」らとともに、第四航空戦隊を編制することになった。

そして帝国海軍は、「伊吹」の連合艦隊編入をみすえつつ、南太平洋戦線へ矛先を転じるために昭和二〇年二月五日付けで連合艦隊の編制を一新したのである。

◎連合艦隊　司令長官　古賀峯一大将
　同参謀長　大西瀧治郎中将
　連合艦隊・旗艦「武蔵」
第一戦隊　司令官　宇垣《うがき》纏《まとめ》中将
　戦艦「大和」「武蔵」
○中部太平洋艦隊　司令長官　小沢治三郎中将
（在真珠湾）　同参謀長　矢野《やの》英雄《ひでお》少将
　独立旗艦・軽巡「大淀」
・第二航空艦隊　司令長官　寺岡謹平中将
（オアフ島）　同参謀長　高田《たかだ》利種《としたね》少将
第二一航空隊　司令官　寺岡中将直率
（ハワイ諸島防衛）
第二二航空隊　司令官　市丸《いちまる》利之助《りのすけ》少将
（ハワイ、ミッドウェイ島防衛）
・第一支援艦隊　司令長官　三川《みかわ》軍一《ぐんいち》中将
（在真珠湾）　同参謀長　有馬《ありま》馨《かおる》少将

第二戦隊　司令官　三川中将直率
　戦艦「長門」「陸奥」
第三戦隊　司令官　岸福治《きしふくじ》中将
　戦艦「金剛」「榛名」
第九戦隊　司令官　高間《たかま》完《たもつ》少将
　重雷装艦「北上《きたかみ》」「大井《おおい》」
第一水雷戦隊　司令官　秋山輝男《あきやまてるお》少将
　軽巡「阿賀野《あがの》」駆逐艦一二隻
・第二支援艦隊　司令長官　栗田《くりた》健男《たけお》中将
（在真珠湾）　同参謀長　中瀬《なかせ》泝《のぼる》少将
第四戦隊　司令官　栗田中将直率
　重巡「愛宕《あたご》」「摩耶《まや》」「高雄《たかお》」
第五戦隊　司令官　橋本信太郎《はしもとしんたろう》中将
　重巡「妙高《みょうこう》」「那智《なち》」「羽黒《はぐろ》」
第二水雷戦隊　司令官　木村昌福《きむらまさとみ》少将
　軽巡「能代《のしろ》」駆逐艦一二隻

第四水雷戦隊　司令官　伊崎俊二《いざきしゅんじ》少将
　軽巡「矢矧《やはぎ》」駆逐艦一二隻
・第一機動艦隊　司令長官　角田覚治中将
（在真珠湾）　同参謀長　柳本柳作少将
第一航空戦隊　司令官　角田中将直率
　空母「大鳳」「翔鶴」「瑞鶴」
第八戦隊　司令官　田中頼三《たなからいぞう》中将
　重巡「利根《とね》」「筑摩《ちくま》」
第一一戦隊　司令官　早川幹夫《はやかわみきお》少将
　防巡「五十鈴《いすず》」駆逐艦八隻
○連合艦隊直率（南太平洋派遣部隊）
・第二機動艦隊　司令長官　山口多聞《やまぐちたもん》中将
（瀬戸内海）　同参謀長　有馬《ありま》正文《まさふみ》少将
第二航空戦隊　司令官　山口中将直率
　空母「信濃」「天城」「葛城」

第三航空戦隊　司令官　松永貞市中将
　空母「加賀」「飛鷹」「隼鷹」
第四航空戦隊　司令官　山田《やまだ》定義《さだよし》中将
　空母「雲龍」軽空「伊吹」「祥鳳」
第五航空戦隊　司令官　城島高次《じょうしまたかつぐ》少将
　航戦「伊勢」軽空「龍鳳」
　護空「神鷹《しんよう》」「雲鷹《うんよう》」「大鷹《たいよう》」「冲鷹《ちゅうよう》」
第一防空戦隊　司令官　西村祥治《にしむらしょうじ》中将
　戦艦「比叡」「霧島《きりしま》」
第八戦隊　司令官　白石万隆《しらいしかずたか》中将
　重巡「鈴谷《すずや》」「熊野《くまの》」「最上《もがみ》」「三隈《みくま》」
第一二戦隊　司令官　古村啓蔵《こむらけいぞう》少将
　防巡「阿武隈《あぶくま》」駆逐艦一六隻
・第三支援艦隊　司令長官　鈴木義尾《すずきよしお》中将
（瀬戸内海）　同参謀長　渋谷紫郎《しぶやしろう》少将
　独立旗艦・重巡「足柄《あしがら》」

第六戦隊　司令官　崎山釈夫《さきやましゃかお》少将
　重巡「青葉《あおば》」「衣笠《きぬがさ》」
第六航空戦隊　司令官　野元為輝《のもとためき》少将
　護空「海鷹《かいよう》」
第三水雷戦隊　司令官　小柳富次《こやなぎとみじ》少将
　軽巡「酒匂《さかわ》」駆逐艦八隻
・第四艦隊　司令長官　原忠一《はらちゅういち》中将
（トラック）　同参謀長　森下信衛《もりしたのぶえい》少将
　独立旗艦・軽巡「鹿島《かしま》」
第一八戦隊　司令官　仁科宏造《にしなこうぞう》少将
　軽巡「川内《せんだい》」「那珂《なか》」
第五水雷戦隊　司令官　伊集院松治《いじゅういんまつじ》少将
　軽巡「神通《じんつう》」駆逐艦八隻
第一四航空隊　司令官　千田貞敏《せんださだとし》少将
（トラック、マーシャル防衛、哨戒）

○南東方面艦隊　司令長官　草鹿《くさか》任一《じんいち》中将
（ラバウル）　同参謀長　富岡定俊《とみおかさだとし》少将
・第一航空艦隊　司令長官　戸塚道太郎中将
（ラバウル）　同参謀長　澄川道男《すみかわみちお》少将
　第一一航空隊　司令官　戸塚中将直率
（ラバウル、ニューギニア防衛）
　第一二航空隊　司令官　山田道行《やまだみちゆき》少将
（ラバウル、ニューギニア防衛）
　第一三航空隊　司令官　長谷川喜一《はせがわきいち》少将
（ラバウル、ニューギニア防衛）
・第八艦隊　司令長官　志摩清英《しまきよひで》中将
（ラバウル）　同参謀長　三好輝彦《みよしてるひこ》少将
　第一六戦隊　司令官　志摩中将直率
　　重巡「鳥海《ちょうかい》」軽巡「長良《ながら》」「名取《なとり》」
　第六水雷戦隊　司令官　石崎昇《いしざきのぼる》少将
　　軽巡「鬼怒《きぬ》」駆逐艦一二隻

※北東方面艦隊、南西方面艦隊などの各艦隊は今次作戦と直接関係がないため割愛する。

今、南太平洋で暴れまわっているのはおもに米陸軍航空隊だが、その兵力をまず一掃して活動を封じることができれば、米軍の進撃もおよそ鈍化し、日本の支配地域がこれ以上、侵されることもなくなるはずだった。

ここは有力な機動部隊を派遣して敵航空基地を徹底的に破壊するにかぎるが、そのために改めて編制されたのが山口多聞中将の率いる新生「第二機動艦隊」だった。ハワイ作戦時よりその兵力は大幅に増強されており、艦隊に所属する空母の数は一気に三隻から一五隻（航空戦艦をふくむ）にまで増やされていた。

南征の途に就こうとする第二機動艦隊の大増強は、連合艦隊が主戦場を〝ハワイから南太平洋へ一気に転換しようとしている〟証左であり、これまで連合艦隊参謀長を務めていた山口多聞中将がみずからその司令長官を買って出た。

「なんとかハワイ攻略を成し遂げましたので、参謀長としての役目には、これですっかり区切りが付きました。そろそろ前線でひと暴れさせていただきましょう」

「……いや、気持ちはわかるが、きみを手放すのは大いに不安だ……」

古賀は口をすぼめながらそうつぶやいたが、さしもの連合艦隊司令長官といえども山口の決心を変えることはできなかった。

「ここは大西（瀧治郎）と交代します。理屈っぽいのが玉に瑕《きず》ですが、ヤツのほうが〝プロ〟の飛行機屋ですから……、私以上にしっかり、長官をお支えするでしょう」

なるほど、どちらかといえば大西瀧治郎のほうが参謀向きで、比類なき天性の統率力にめぐまれた山口多聞は、あきらかに指揮官タイプにちがいなかった。

山口が海軍随一の〝統率力の持ち主である〟ということは、山本五十六や古賀峯一だけでなく帝国海軍のだれもが認めていた。

――どんな強敵に対しても猪のように突進してゆく角田覚治が〝張飛《ちょうひ》〟だとすれば、山口多聞は日ノ本に生まれた〝関羽《かんう》〟だ。……義兄弟の契りを交わしたわけではなかろうが、あの負けん気の強い角田くんでさえ、航空戦隊司令官に就任した当初から、山口司令官の下でなら〝よろこんで働く！〟と明言していた……。

それに「南太平洋へ機動部隊の主力を差し向けよう」と言い出したのは古賀自身だったので、ここは、万に一つも失敗はゆるされない。そのため古賀自身も「武蔵」「大和」を率いて、まずはトラックへ進出し、場合によってはソロモン海まで突っ込み〝四六センチ砲をぶっ放してやろう〟と密かに決意していた。

実際問題、豪北方面の米軍を無力化してこそはじめてハワイの占領が活きてくる。後顧《こうこ》の憂《うれ》いを残したままでは、帝国陸海軍は主敵が待ち構える米本土に眼を向けることができないのだ。

だから断じて失敗はゆるされないが、ことのほか重要な本作戦の、成否の鍵を握る「第二機動艦隊」の指揮を、帝国海軍の〝関羽〟が執るというのだから、なるほど、古賀にとっても、これほど心強いことはなかった。

「うむ。……まあ、大西くんをもらえるなら、それで不足はないが……、よし、わかった！　ならばきみに、機動部隊をあずけよう！」

海軍大臣の山本五十六大将は二人の考えをもちろん尊重し、これで〝山口多聞が第二機動艦隊を率いて征く〟と話が決まった。

そして、改編された新生・第二機動艦隊の航空兵力は今や、総勢七〇〇機以上にふくれあがっていた。

第二機動艦隊　司令長官　山口多聞中将
・第二航空戦隊　司令官　山口中将直率
装空「信濃」　搭載機数・計一一四機
（紫電改五七、彗星三〇、天山二七）
空母「天城」　搭載機数・計六六機
（紫電改二七、彗星二一、天山一八）

空母「葛城」　　　　　搭載機数・計六六機
（紫電改二七、彗星二一、天山一八）
・第三航空戦隊　司令官　松永貞市中将
空母「加賀」　　　　　搭載機数・計八七機
（紫電改三〇、彗星三〇、天山二七）
空母「飛鷹」　　　　　搭載機数・計五七機
（紫電改二七、彗星二一、天山九）
空母「隼鷹」　　　　　搭載機数・計五七機
（紫電改二七、彗星一二、天山一八）
・第四航空戦隊　司令官　山田定義中将
空母「雲龍」　　　　　搭載機数・計六六機
（紫電改二七、彗星二一、天山一八）
軽空「伊吹」　　　　　搭載機数・計三六機
（紫電改一八、彗星九、天山九）
軽空「祥鳳」　　　　　搭載機数・計三三機
（紫電改一五、彗星九、天山九）

・第五航空戦隊　司令官　城島高次少将
航戦「伊勢」　　　　　搭載機数・計二二機
（彗星二二）
軽空「龍鳳」　　　　　搭載機数・計三〇機
（夜戦三、彗星三、流星二四）
護空「神鷹」　　　　　搭載機数・計二七機
（夜戦六、彗星三、流星一八）
護空「雲鷹」　　　　　搭載機数・計二四機
（夜戦三、彗星三、流星一八）
護空「大鷹」　　　　　搭載機数・計二四機
（夜戦三、彗星三、流星一八）
護空「冲鷹」　　　　　搭載機数・計二四機
（夜戦三、彗星三、流星一八）
※彗星、天山はすべて三一型で、夜戦はすべて彗星五二型。

先の「布哇《ハワイ》沖海戦」で飛行甲板を損傷した装甲空母「信濃」と空母「葛城」はすでにその修理を完了していた。

新編された第二機動艦隊の航空兵力は、紫電改二五五機、夜戦・彗星五二型一八機、彗星三三型二一〇機、天山三三型一五三機、流星九六機の計七三二機。

特筆すべきは「夜襲攻撃隊」の雷爆撃機・流星だが、流星はすべて「龍鳳」をはじめとする速力二六・五ノット以下の軽空母と四隻の護衛空母に搭載されていた。が、これら改造空母五隻は三式着艦制動装置を装備しておらず、出した流星をみずからで収容することはできない。

したがって、出した流星はおもに「信濃」などで収容することになるが、いざ、というときにはラバウルへ向かわせることも勘案されていた。

本作戦では、ハワイ作戦時とはちがって、予想される戦場の近くにラバウル、ブカ島などの味方飛行場が在る。これらの基地を活かしながら、護衛空母なども〝より攻撃的に使おう〟というのがその狙いであった。

さらにいえば、護衛空母は「神鷹」でも最大で二五・五ノット、「雲鷹」「大鷹」「冲鷹」の三隻は二五ノットの速力しか発揮できないため、魚雷を装備した流星の発艦には、「ＲＡＴＯ」による補助が欠かせない。事前の調査により、これら護衛空母四隻は「ＲＡＴＯ」の補助を受けても〝雷装の流星九機を発進させるのが限度〟との結果が得られ、この結果にもとづいて流星の搭載機数を各母艦〝一八機ずつ〟としていた。

いや、逆にいえば、九機〝発進可能〟とされたので護衛空母をより攻撃的に使うことにした。

ただし五隻在る護衛空母のなかで「海鷹」だけは、ほかの四空母よりも飛行甲板が一〇メートル以上も短く、速力も二三・五ノットしか出せないため、流星の発進には〝より困難をともなう〟と判定されて、今回は「海鷹」を編制から除外することにしたのだった。

ちなみに軽空母「龍鳳」の場合は、飛行甲板が二〇〇メートルに延長されており、速力も最大で二六・五ノットを発揮できるため、同じく「RATO」の補助を受ければ、雷装の流星を〝一度に一二機は発進させられる〟との調査結果が得られていた。

母艦航空隊の訓練も成り、軽空母「伊吹」が戦列に加わると、連合艦隊司令長官の古賀峯一大将は、いよいよ麾下の南征部隊に対して、トラック基地への進出を命じた。

そして二月一〇日、戦艦「武蔵」「大和」および第二機動艦隊、第三支援艦隊の各艦艇は、呉や横須賀などの各基地から満を持して出港し、帝国海軍・南洋最大の拠点トラックをめざして進軍して行ったのである。

その兵力は「武蔵」「大和」以下戦艦四隻、大型装甲空母一隻、空母六隻、軽空母三隻、航空戦艦一隻、「海鷹」を除く護衛空母四隻、重巡七隻、防空巡一隻、軽巡一隻、駆逐艦一八隻の計四六隻に達していた。

第六章　ラバウルへ集結せよ！

1

いっぽうで、基地航空部隊も一月初旬から続々と移動を開始していた。

基地部隊の主力を成す戸塚道太郎中将の「第一航空艦隊」はこれまでマーシャル諸島のブラウン基地に拠点を置いていたが、幸いハワイの攻略に成功し、帝国海軍にとってマーシャル諸島を護る必要性がこれまでより格段に薄らいできた。

むろんマーシャルを〝がら空き〟にはできないが、ハワイの攻略に成功した連合艦隊は、第二機動艦隊の南征を機にして、およそ三五〇機を有する第一航空艦隊の主力をブラウンからラバウルへ転進させて、豪北方面で展開中の米軍・基地航空隊に航空決戦を挑み、一気に〝決着を付けてやろう〟というのであった。

一九四五年（昭和二〇年）二月はじめの時点で軍令部および連合艦隊司令部は、ソロモン、ニューギニア方面で展開中の米軍・基地航空隊の総兵力を〝およそ七〇〇機〟と見積もっていた。けれどもこれは見込みちがいで、実際には、ガ島を起点とするソロモン方面に約三五〇機、ポートモレスビーを起点とするニューギニア方面にも六〇〇機以上の航空兵力を展開し、米側の総兵力は今や一〇〇〇機ちかくにも達しようとしていた。

いや、それだけではない。

南太平洋・米軍には海軍・第七艦隊所属の護衛空母一六隻も存在し、これら護衛空母搭載の艦載機およそ四五〇機を加えると、マッカーサー軍を支援している米軍航空兵力は総勢一四〇〇機以上にも達しているのだった。

これに対して、在ラバウルの海軍航空兵力は二月はじめの時点で〝一八〇機〟となるまで激減しており、もはやラバウル航空隊は〝風前の灯〟となりかけていた。そこへ、かろうじて第一航空艦隊の三五〇機が駆け付け、二月六日には移動を完了。ラバウルの航空兵力はこれでようやく五三〇機まで盛り返していた。しかし、いくら第二機動艦隊の加勢があるからとはいえ、基地航空兵力の劣勢は否めず、これでは決戦を挑んでも〝勝利がおぼつかない〟と思われた。


そこで軍令部が〝ここが勝負！〟と参謀本部に泣きついたところ、参謀本部もおよそ理解を示して、陸軍航空隊のラバウル〝転用〟を承認したのだった。

これまでにもニューギニアのウェワク周辺基地には、二五〇機余りの帝国陸軍機が進出していたが、それら陸軍機も、米軍の重爆撃機などから繰り返し空襲を受けて、今や一〇〇機を切るまでにその数を減らしていた。

そのいっぽうで、ハワイの攻略に成功した暁《あかつき》には、陸軍も有力な航空精鋭部隊をオアフ島へ送り込み、ハワイ防衛の一翼を担うと前年一一月には海軍に約束していた。航空〝精鋭部隊〟というのはなるほどそのとおりで、オアフ島防衛用として陸軍は、四式戦闘機「疾風《はやて》」一八〇機と四式重爆撃機「飛龍」六〇機を準備していた。

オアフ島へ進出するために、これら二四〇機の陸軍機は海軍の指導をあおいで、一一月中旬ごろから洋上飛行訓練なども実施していた。

具体的にそれは、立川や横須賀などから〝硫黄島まで飛んで帰って来る〟というもので、訓練の最終段階ではさすがにみな、それを自力で成し遂げるようになっていた。一月初旬にはそれら陸軍機も、距離およそ七〇〇海里に及ぶ洋上飛行術を身に付けていたのだ。

そこへ、このたび海軍が一大航空決戦をラバウルで実施することになり、じつは本来、オアフ島へ配備する予定になっていたこれら陸軍機を、ラバウルへ〝転用したい〟と軍令部が申し出たところ、ウェワク航空隊の消耗に頭を痛めていた参謀本部も、およそその必要性を認めて、陸軍機のラバウル転用に同意したのであった。

とはいえ、それら陸軍機をすべてラバウルへ転用するのも、なにやらもったいない。そこで両者話し合いの結果、最終的には疾風一二〇機、飛龍三六機の計一五六機をラバウルへ配備することが決まったのである。

2

急遽、ラバウル進出を命じられた陸軍航空隊は一月一二日から順次、内地を飛び立って島伝いに南下、一月二五日には、一五六機ともトラックの春島飛行場へ到着した。

それはよかったが、トラックからラバウルへの移動は、途中洋上に目標となるような島がおよそ存在せず、洋上飛行に不慣れな陸軍機にとっては最大の難所にちがいなかった。

それでもさすがに、重爆・飛龍は全機が自力でラバウルへ進出した。訓練のおかげにちがいなかったが、単座戦闘機・疾風の自力移動はいかにも危ぶまれた。

実際、過去には、トラックからラバウルへ自力移動しようとした陸軍戦闘機が〝行方不明になってしまう〟という事故も発生していた。そのときの喪失機数は二〇機をかぞえていた。

そこで、今回ばかりは連合艦隊が事故による兵力消耗を嫌って護衛空母「海鷹」による輸送をみずから申し出、一月二六日から二月一五日に掛けて一二〇機の疾風をラバウルへピストン輸送したのであった。陸軍戦闘機を無事にラバウルへ届けた「海鷹」は一旦内地へもどり、二月下旬以降は日本本土――オアフ島間の航空輸送任務に従事することになる。

陸軍の疾風一二〇機、飛龍三六機を指揮下へ迎え入れて、二月一五日の時点でラバウル航空隊の兵力は総勢六八七機に達していた。いや、泊地には新たに二七機の二式飛行艇も到着しており、それらを加えると、ラバウル航空隊の兵力は全部で七一四機となっていた。

ソロモン、ニューギニア方面で展開中の敵基地航空兵力を〝およそ七〇〇機〟と見積もっていた軍令部および連合艦隊司令部は、これで基地航空部隊においても〝米軍に匹敵する兵力を準備することができた〟と確信、いよいよ〝決戦準備がととのった！〟と判断するにいたった。

ところで連合艦隊司令部は、ソロモン、ニューギニア戦線から〝米軍の航空兵力を一掃する〟という今回の作戦に対して、とくに「い号作戦」と銘打って必勝の準備を進めていた。

作戦準備を進めるに当たっての最大の懸案事項は、ラバウル航空隊の兵力を〝はたしてどこまで増強できるか……〟ということだった。

古賀大将も〝ラバウル航空隊を強化するのは簡単ではないぞ……〟と覚悟していたが、首尾よく陸軍航空隊の協力も得られて所望の兵力量を満たすことができ、これで最大の懸念材料もすっかり払拭された。

ラバウルに四ヵ所在る飛行場はもはや友軍機でいずれも鈴鳴りとなっている。南半球に位置するラバウルは夏真っ盛りで、むせかえるような暑さとなっていた。

そのラバウル配備の七一四機に第二機動艦隊の艦載機七三二機を加えると、連合艦隊が今回の作戦に動員することのできる航空兵力は、今や優に一四〇〇機を超えていた。

そして二月一五日・午前中には、連合艦隊・旗艦「武蔵」以下の南征部隊がいよいよトラックの春島錨地へ入港。その全艦艇がたっぷり二日ほど掛けて給油を実施したのち、連合艦隊司令長官の古賀峯一大将は二月一七日・午後三時三〇分に満を持して「い号作戦、決戦！」を発動。これを受け、同日夕刻・午後四時には、山口多聞中将の率いる第二機動艦隊が一路、ソロモン海をめざしてトラック基地から出撃したのである。

その旗艦・装甲空母「信濃」が午後五時過ぎに太平洋へ打って出ると、艦橋に仁王立ちとなっていた山口中将が、第二機動艦隊参謀長の有馬正文少将に向かってつぶやいた。

「はたして、米空母は出て来るかね？」

「はい。出て来るでしょうが、それらは二線級の小型改造空母ばかりでしょう」

最も警戒すべき主敵・米軍機動部隊は今や壊滅状態にある。この事実に断じて疑いはなく、山口も有馬の応えにうなずいてみせた。が、狡猾《こうかつ》なフランクリン・D・ルーズベルトはこのときオーストラリア方面へも〝秘密裏〟に、陰謀の魔の手をゆるゆると伸ばしていた。

山口多聞や有馬正文はそのことを知る由もなかった。

第七章　大英帝国太平洋艦隊

1

オーストラリアのシドニー湾はかつてないほどの活況を呈していた。

湾内はイギリス海軍の主力艦や補助艦艇でいっぱいとなり、ガーデン・アイランド・シドニーに新しく建設されたキャプテンクック・グランピング・ドックには空母「イラストリアス」が堂々と碇泊している。

一九四二年以降、シドニー湾はアメリカ海軍によって占拠されたような感があり、古いオーストラリア人にとって、その光景は決して眺めの良いものではなかった。

けれども、今はちがう。「イラストリアス」のすぐ後ろには、戦艦「キングジョージ五世」が整備のため雄々しく入渠しており、主力艦二隻のメイン・マストには高々と〝ユニオン・ジャック〟が掲げられている。

オーストラリアはいうまでもなくイギリス連邦の一員だ。これまで多くの者が、アメリカ海軍の空母や戦艦を眼にしたことはあったが、こうしてあらためて大英帝国海軍の雄姿を目の当たりにして、みながしみじみと〝我々は決して見捨てられていなかったのだ……〟と思い、ひそかに誇りを取りもどすことができた。

いや、主力艦はなにも二隻だけではない。

湾内にはほかにも、イラストリアス級の主力空母「ヴィクトリアス」「フォーミダブル」「インドミタブル」が碇泊しており、そのなかには改イラストリアス級の最新鋭艦・空母「インディファティガブル」の雄姿も在った。

イラストリアス級・六番艦の空母「インディファティガブル」は、五番艦の空母「インプラカブル」とともに飛行甲板の装甲を七二ミリから三六ミリに減じ、格納庫を二層構造に改めて搭載機数をこれまでの四空母よりも増やすことに成功していた。

が、純同型艦のネーム・シップ「インプラカブル」は悪天候による損傷のため、現在、イギリス本国で修理を受けており、残念ながら太平洋への進出が一隻だけ後れていた。

それでも最後に「インディファティガブル」を指揮下に加えて、一九四五年二月中旬の現時点でイギリス太平洋艦隊の主力空母は全部で五隻となっており、全軍をあずかるブルース・A・フレーザー大将は旗艦・戦艦「ハウ」の艦上で満足げにうなずいていた。

フレーザー大将の将旗を掲げた戦艦「ハウ」はひと足はやく、昨年一二月にシドニーへ入港しており、このたび、二月一二日に指揮下の全艦艇が湾内で集結すると、最高指揮官のフレーザー大将自身はウイリアム・ストリートのグレンビル・ハウスに司令部を移し、次席指揮官のヘンリー・バーナード・H・ローリングス中将に洋上指揮権を委譲することとなった。

そして、ローリングス中将は戦艦「キングジョージ五世」に将旗を掲げたのである。

イギリス太平洋艦隊　司令長官
／ブルース・A・フレーザー大将
・第一戦艦戦隊　指揮官
／ヘンリー・B・H・ローリングス中将
戦艦「キングジョージ五世」「ハウ」
・第一空母戦隊　指揮官
／フィリップ・L・ヴィアン少将
空母「イラストリアス」「ヴィクトリアス」
「フォーミダブル」「インドミタブル」
「インディファティガブル」
・第四巡洋艦戦隊　指揮官
／エリック・J・P・ブリンド少将
軽巡「スウィフトシャー」「ガンビア」
「ブラックプリンス」「ウガンダ」
「ユーライアス」「アルゴノート」
・支援駆逐隊　指揮官
／ジョン・H・エーデルストン少将
駆逐艦二〇隻
〔付属〕
工作空母「ユニコーン」
アタッカー級護衛空母×八隻
フリゲート艦など八隻
掃海艇一八隻

イギリス太平洋艦隊は今や、高速戦艦二隻、主力空母五隻、軽巡六隻、駆逐艦二〇隻の堂々たる陣容となっており、オーストラリア国民がながらくこの光景を待ちわびていたのは、むしろ当然のことだった。

——アメリカ海軍に勝るとも劣らぬ、立派な艦隊だ……。

みながそう思い、居並ぶイラストリアス級空母や巨大な二隻の戦艦に対して、羨望のまなざしを向けている。もちろん、それら主力艦を支援する工作空母「ユニコーン」や護衛空母八隻の存在も頼もしかった。

また、現在、本国で修理中の空母「インプラカブル」だけでなく、キングジョージ五世級の三番艦・戦艦「デューク・オブ・ヨーク」と四番艦の戦艦「アンソン」も初夏までに順次、シドニーへ到着することになっている。

かつてない湾内の盛況ぶりによろこんだシドニーの人々は、毎日一二〇〇床のベッドと必要に応じて六〇〇〇食を提供可能な「英国センター」を建設、四〇〇〇人以上のボランティアを配置して太平洋艦隊を支援、歓迎した。

いや、それだけではない。

三〇〇人の若いオーストラリア人女性がホステスとして毎晩ダンスに参加。ニューサウスウェールズ州の約一万二五〇〇軒にも及ぶ家がイギリス海軍の水兵を自宅へ招きもてなした。

フレーザー大将もその熱烈な歓迎ぶりにことのほか感銘を受けたが、シドニー市民の「イギリス太平洋艦隊」に対する期待は、それほど高かったのである。

2

シドニーへ向かう途中、第一空母戦隊の艦載機の一部は、スマトラ島・東部のパレンバンに在る二つの製油所を空襲し、日本軍に〝大損害をあたえた〟と信じていた。が、実際には日本側の受けた損害は軽微だった。

その空襲作戦で第一空母戦隊は、戦闘中に一九機、事故により二九機を失い、航空戦指揮官のフィリップ・L・ヴィアン少将は、搭乗員の技量がいまだ〝満足な域に達していない〟ということを痛感させられた。

ただし、喪失した四八機の穴埋めは、シドニー入港後ただちに実施することができた。ルーズベルト大統領の命により、一月一八日にはアメリカ本土からカサブランカ級護衛空母八隻が来援しており、ヴィアン少将の指揮下に在るイラストリアス級空母四隻は、すみやかに機材の補充を受けることができたのだった。

カサブランカ級護衛空母は航空機の輸送任務に徹すれば最大で四二機を搭載できる。三三〇機以上の機材がアメリカ本土から到着し、第七艦隊の護衛空母なども同時に補充を受けた。

シドニーへ入港した、その翌日から第一空母戦隊の搭乗員は毎日のように訓練に励んだ。実戦においていて満足な戦果を挙げるには飛行隊の練度がいまひとつ充分でなかったし、カサブランカ級護衛空母で輸送されて来た機材はすべてアメリカ海軍の艦載機で、それら新機材に搭乗員を慣れさせておく必要もあった。

ヴィアン少将は時間がゆるすかぎり「イラストリアス」の飛行甲板に立って、みずから飛行隊の訓練を見守った。きびしい訓練が一ヵ月近くにわたって続き、そうしたなか、二月一二日・午後には最後の主力空母「インディファティガブル」がいよいよ入港して来たのである。

幸い飛行隊の練度はすっかり向上していた。だが「インディファティガブル」の戦闘機隊のみはイギリス空軍機によって編制されていた。

第一空母戦隊指揮官／F・L・ヴィアン少将
・空母「イラストリアス」　搭載機五七機
（F4U三一、夜戦型四、TBF二一）
・空母「ヴィクトリアス」　搭載機五七機
（F4U三一、夜戦型四、TBF二一）
・空母「フォーミダブル」　搭載機五七機
（F4U三一、夜戦型四、TBF二一）
・空母「インドミタブル」　搭載機六五機
（F6F三六、夜戦型八、TBF二一）
・空母「インディファティガブル」／七三機
（SSF四〇、FFF一二、TBF二一）

支援空母戦隊指揮官／H・C・ボウェル少将
・工作空母「ユニコーン」　搭載機三六機
（F4U二〇、F6F八、SSF八）
・アタッカー級護衛空母　搭載機二四機
（F4F一六、TBF八）×八隻

※F4Uは米コルセア戦闘機、F4Fは米ワイルドキャット戦闘機、F6Fは米ヘルキャット戦闘機、TBFは米アヴェンジャー雷撃機、SSFは英シーファイア戦闘機、FFFは英ファイアフライ複座戦闘機

ヴィアン・第一空母戦隊の航空兵力はコルセア戦闘機九六機、夜戦型コルセア一二機、ヘルキャット戦闘機三六機、夜戦型ヘルキャット八機、シーファイア戦闘機四〇機、ファイアフライ複座戦闘機一二機、アヴェンジャー雷撃機一〇五機の計三〇九機。複座のファイアフライは航空レーダーを搭載しており、夜間戦闘機としても使える。

また、一九四四年一一月以降はイギリス空母も自前のソードフィッシュ雷撃機やバラクーダ雷撃機の搭載を止めて、アヴェンジャー雷撃機をおもに搭載するようになっていた。アヴェンジャーのほうが機体がはるかに頑丈で折りたたみ翼をそなえているため空母への搭載機数も増やすことができる。ゆえにアヴェンジャーのみは「インディファティガブル」にもすでに搭載されていた。

これら三〇九機にボウェル・支援空母戦隊の艦載機二二八機を加えると、イギリス太平洋艦隊の大小空母一四隻が保有する航空兵力は総勢五三七機に達していた。

ちなみに、工作空母「ユニコーン」は最大でも二四ノットの速力しか発揮できず、戦闘には直接参加しない。搭載する三六機の戦闘機はあくまで予備機として考えられていた。

また、アタッカー級護衛空母はすべて米国から貸与されたものであり、アメリカ海軍のボーグ級護衛空母とまったく同じである。最大速度は一八ノットしか出せず、ヘルキャット戦闘機の運用は不可能ではないが大幅に機数が減るため、これら護衛空母搭載の戦闘機はワイルドキャットで統一されていた。じつはマートレット戦闘機もふくまれていたが、便宜上ここでは割愛する。

アタッカー級護衛空母八隻は、主力空母五隻の後方から進軍、上陸作戦などを支援するが、その搭載するアヴェンジャー雷撃機は、主力空母が艦載機を消耗した場合には、その〝補充用〟としても使えることになる。

加えて同一戦線ではアメリカ海軍・第七艦隊の護衛空母一六隻（すべてカサブランカ級）も作戦中なので、いざというときには、それら部隊とも相互に支援しあえる。周知のとおり、本土から来着した八隻の同級空母から艦載機の補充を受けており、第七艦隊の指揮下に在る護衛空母一六隻の航空兵力も、二月一三日の時点で四二八機にまで回復していた。

　これら四二八機にイギリス太平洋艦隊の五三七機を加えると、同戦線における連合国側の動員可能な艦載機数は総計九六五機に達していた。

　これは山口・第二機動艦隊の航空兵力七三二機を二〇〇機以上も上まわっていた。なかでも戦闘機保有数の差は歴然としており、第二機動艦隊は全部で二七三機の戦闘機しか保有していないのに対して、米英連合軍の保有する艦上戦闘機の総数は今や五九二機に達していた。戦闘機の数では連合軍艦隊のほうが優に三〇〇機以上も上まわっているのだ。

　ただし、米英の空母はいずれも艦上爆撃機をまったく搭載していないため、双方の戦力を単純に戦闘機の多寡のみで比べることはできない。

　帝国海軍はこれまで幾多の空母航空戦を戦いぬいてきているが、イギリス海軍はいまだ本格的な空母戦を経験していない。ドイツ海軍には空母が一隻も存在しなかった。大西洋に手強《てごわ》い敵空母はまず存在しなかったのだ。山口多聞中将は有力な敵機動部隊と対峙したときの戦い方をもはや熟知しているのに対して、ヴィアン少将はあきらかにその経験に欠けていた。そのことは実際に戦闘をおこなう母艦搭乗員に対してもいえる。

　そしてなにより、イギリス太平洋艦隊にとっての最大の誤算は、太平洋で豊富な戦闘経験を持つアメリカ海軍機動部隊が事実上、壊滅状態におちいってしまったことだった。

昨年（一九四四年）一一月にウィストン・チャーチル首相がイギリス太平洋艦隊の発足を決めた時点で、もちろんハワイ・オアフ島は占領されておらず、アメリカ軍・第五八機動部隊もいまだに堂々たる陣容を誇っていた。

その時点で首相のチャーチルはもとより司令長官に就任したフレーザー大将も、まさかハワイが占領されて〝アメリカ空母艦隊が壊滅する〟などとは夢にも考えていなかった。ところがにわかにそれが現実となり、まったく当てがはずれて、南太平洋でイギリス太平洋艦隊が俄然、矢面に立たされることになってしまったのだ。

――日本の主力空母が大挙してソロモン、ニューギニア方面へ矛先を転じて来たとしたら、はたして〝われわれ〟だけでそれをうまく撃退できるだろうか……。

むろん口に出してこそ言わないが、フレーザーはそれが心配で、まったく安穏としておられなかった。が、シドニー湾で勢ぞろいしたイラストリアス級空母やキングジョージ五世級戦艦の雄姿をこうして眺めていると、じつに心強く負ける気がしないのも事実だった。

「わが大英帝国海軍のまさに精鋭だ！　日本の空母が出て来たとしても、おいそれと負けるようなことは断じてない！」

洋上で指揮を執るローリングス中将やヴィアン少将に対しては、フレーザーは自信満々の表情で敢えてそう断言してみせた。

飛行甲板に装甲を持つイラストリアス級空母はどれもじつに精強で、これまで幾度となくドイツ軍急降下爆撃機の猛攻にさらされながらも、いまだに一隻たりとも沈められていなかった。

それが湾内に五隻も在るのだから、ローリングスやヴィアンも、フレーザー大将の激励に大きくうなずいていた。

——なるほど……、日本軍機動部隊は手強いだろうが、臆せず戦えば勝機は必ずある！

そして、ローリングスやヴィアンには、およそ目に見えない〝強み〟があった。

——わが空母五隻がこうして〝シドニー湾で集結している〟ということを、日本軍はまだ、知らないはずだ……。

それはじつにそのとおりであり、現に帝国海軍きっての戦上手・山口多聞中将といえども、米英の主力空母が〝南太平洋へ現れる！〟とは、まったく予想していなかったのである。

——たとえ敵空母が出て来たとしても、それは二線級の補助空母ばかりのはずだ……。

イギリス太平洋艦隊には〝そこ〟にひとつの大きな〝強み〟があった。

「このところ日本軍もラバウルの基地航空兵力を強化しているようだが、もうひと押しで〝ラバウルの敵航空隊を倒せる！〟というところまで来ている。われわれイギリス艦隊に課せられた任務はラバウルに猛烈な航空攻撃を加えて、日本軍機を根絶やしにすることだ！　ラバウルさえ無力化すれば、マッカーサー大将は火の勢いでインドネシアの資源地帯まで進軍してゆくはずだ。……そのため（ラバウルを空襲するため）にサンゴ海を北上し、ソロモン海へと踏み込め！　ただし、日本軍機動部隊の出現には、最大限の注意をはらいながら、軍を進める必要がある……」

フレーザーは最後にそう言って、二人を洋上へ送り出した。

空母「インディファティガブル」に対する整備と給油もまる二日ほどで終わり、二月一五日にはすべての出撃準備が完了。ローリングス中将はこの日・夕刻、麾下全艦艇に対してシドニーからの出撃を命じた。

ユニオン・ジャックを掲げた、イギリス海軍の主力艦が続々とシドニーから出港してゆく。その勇壮な光景に、人々は釘付けとなって、見惚《みと》れていた。

その後、イギリス太平洋艦隊はサンゴ海を順調に北上、そして、明日はいよいよ〝ソロモン海へ踏み込むぞ！〟という一九日の昼前になって、ガダルカナル島の米軍基地から重大な通報がなされたのであった。

『空母を含む日本の大艦隊がガ島へ向け南下接近中！　大至急、応援を求む！』

通報を受け、ローリングスとヴィアンは決戦の覚悟を決めざるをえなかったのである。

第八章　決戦！「珊瑚海海戦」

1

昭和二〇年（一九四五年）二月一九日・ソロモン現地時間で午前五時――。

山口多聞中将の率いる第二機動艦隊は、ガダルカナル島（以下ガ島）の北方およそ五八〇海里の洋上に達していた。

本日の日の出時刻は午前五時五二分。あと二〇分ほどで薄明を迎え空が白み始める。

雲量は四。第二機動艦隊はすでに南半球へ入っており、北東から強めの風が吹いている。貿易風だ。波もかなり高く、装甲空母「信濃」の飛行甲板にはときおり波しぶきが上がっていた。

ガ島までの距離はいまだ六〇〇海里ちかくも離れており、本日中に敵基地を空襲するのはむつかしい。角田覚治中将の第一航空戦隊は独りオアフ島の防衛に残されており、山口中将の指揮下に在る第二、第三、第四航空戦隊の母艦九隻・艦上では戦闘機のみが発進の位置に就き、いつでも飛び立てるよう待機していた。

第二機動艦隊は今、ガ島へ向け速力二〇ノットで南下している。山口中将の旗艦・装甲空母「信濃」の後方およそ二〇海里には、第五航空戦隊の航空戦艦「伊勢」や軽空母「龍鳳」、鷹型護衛空母四隻なども続いていた。

基地攻撃はまず第二、第三、第四航空戦隊の母艦九隻でおこなうが、万一、敵空母が出現した場合には第五航空戦隊の母艦六隻が搭載する「夜襲攻撃隊」も戦いに参加させる。だが、山口司令部は、敵空母が出て来たとしても〝それは弱小の改造空母だろう……〟とみていた。

米軍機動部隊は今や壊滅状態にあり、大した獲物がソロモン海に現れるとは思えない。が、改造空母などが出て来る可能性は大いにある。そのときには容赦なく「夜襲攻撃隊」に出撃を命じ、夜のあいだに〝敵空母の活動を封じてやろう〟というのであった。

第二機動艦隊は速力二〇ノットを維持したまま順調に南下して行ったが、午前一一時ごろ、ついに上空へ米軍飛行艇が現れた。

「ガ島までの距離はおよそ四六〇海里です」

これで第二機動艦隊の行動は米側の知るところとなり、航海参謀が念のため山口中将にそう告げたが、山口はしずかにうなずいたのみで、ガ島へ向けそのまま軍を進めた。

敵機に発見されたからにはガ島の敵飛行場から米軍爆撃機などが来襲するのは必定。また、米空母が南太平洋でもし行動していたとすれば、それら敵空母も第二機動艦隊をもとめて近づいて来るにちがいなかった。

しかし山口中将は、まったく動じない。

ただし山口は端的に、きわめてはっきりとした口調で、ひとつだけ命令を発した。

「四航戦の『伊吹』『祥鳳』から天山六機ずつ、計一二機をただちに索敵に出せ！」

むろん米空母の有無を〝確かめよう〟というのだが、これは当然の命令だった。

天山の進出距離は三六〇海里。当該圏内で米空母がもし行動しておれば、ガ島に対する基地攻撃よりも、米空母に対する攻撃を当然優先しようというのだが、はたしてそれから二時間以上経過しても、どの天山からも〝敵空母発見!〟の報告は入らなかった。

時刻は午後一時三〇分になろうとしており、第二機動艦隊はすでにガ島の北およそ四一〇海里の洋上に達しようとしていた。

周辺洋上に米空母は存在せず、これで第二機動艦隊が本日中に敵艦載機から攻撃を受けるようなことはなくなった。それはよかったが、午後三時前には再び敵飛行艇が上空へ現れ、前回よりあきらかに長めの電信を発した。

「わが隊は、ガ島の北およそ三八〇海里の洋上へ達しつつあります」

航海参謀が再びそう報告すると、今度は、山口中将の表情があきらかに変わり、山口は参謀長の有馬正文少将に対してにわかに諮った。

「索敵に出した天山はいつ、もどって来る?」

「はい。あと四〇分ほどで順次、艦隊上空へ舞いもどり、午後四時までには全機の収容を完了する予定です」

「あと一時間ほどだな……。よし、天山の収容を終わり次第、わが艦隊は午後四時に北方へ向けて反転する! 反転後の進軍速度は二〇ノットのまとする!」

山口の意図をよく知る有馬は、これにこくりとうなずいた。

はたして、天山は午後三時三五分過ぎから順次帰投し始め、二隻の軽空母は予定どおり、午前四時には全一二機の収容を完了した。

そのことを再確認すると、山口は麾下全艦艇に躊躇なく反転を命じ、第二機動艦隊は一旦、ガ島から遠ざかるようにして北上し始めた。

山口が反転を命じた午後四時の時点で第二機動艦隊はガ島の北およそ三六〇海里の洋上まで軍を進めていたが、今度はまるでガ島への攻撃をあきらめたかのようにして北進し始めたのだ。

司令部の意図がわからず、艦隊将兵のなかには俄然、首をかしげる者もいたが、やがて午後五時一〇分過ぎにはその謎がすっかり解けた。

味方空母群にぴったり付き従う戦艦「比叡」の対空見張り用レーダーが、にわかに敵機の大群を探知し、そのことを通報して来たのだ。

「……『比叡』からの報告によりますと、敵機大編隊はあと四五分ほどでわが上空へ進入して来ると思われます！」


これを聴くや、山口は全戦闘機を迎撃に上げるよう命じ、母艦九隻はわずかに東へ変針しながらその搭載する紫電改二五五機をすべて上空へ舞い上げた。

周知のとおり風は北東から吹いており、九隻の母艦は、紫電改を発進させるためにさほど大きく針路を変える必要はなかった。とはいえ旗艦「信濃」は五七機もの紫電改を発進させたため、すべて発進させるのにたっぷり二四分を要した。

周辺洋上で敵空母は行動しておらず、第二機動艦隊の上空をめざして近づきつつあるのは、むろんガ島の米軍飛行場から飛び立った敵爆撃機などにちがいなかった。

その数およそ一五〇機。かなりの大群で四発のB24爆撃機などもふくまれていたが、それら大型機は三〇機足らずだった。

残る一二〇機以上を双発のB25爆撃機やP38戦闘機などが占めており、比較的小回りの利くこれら双発機で、日本の空母に対して〝反跳爆撃を仕掛けてやろう〟というのが、基地で指揮を執る米軍司令官の狙いだった。

この狙いはよかったが、それには日本の空母群を四〇〇海里圏内に引き付けてから発進を命じる必要があった。四発のB24爆撃機は航続距離が長くいつ発進を命じてもよかったが、攻撃の主体となるべき双発爆撃機などはそれより航続距離が短く、進出距離が四〇〇海里を超えると、およそ有効な攻撃ができないからであった。

さらに言及すれば、ガ島飛行場にはほかにも海兵隊機などが配備されていたが、それら海軍艦上機は二五〇海里圏内に日本の空母が接近して来ないかぎり、出撃を命じても無駄に終わる。

山口は、ガ島に配備されているそれら米軍機の事情をすべて〝お見通し〟だった。

ガ島のような島嶼《とうしょ》基地が洋上を移動できるはずもなく、基地航空隊には〝みずから敵方へ近づけない〟という決定的な弱点がある。

山口はその弱点を突いて、わざとガ島の四〇〇海里圏内を出たり入ったりしたのだ。そして今回は案の定、ガ島から敵攻撃隊が来襲したが、山口はそれが来ようが来まいが一旦、北へ反転する方針をかためていた。

舞い上がった紫電改のうち四〇機ほどが高高度で飛来した敵大型爆撃機を適当に相手にし、残る二〇〇機以上の紫電改は、当然ながら敵双発機の群れに襲い掛かって、容赦なく足止め攻撃を喰らわせた。二倍ちかくもの紫電改から襲われたのだから米軍攻撃隊はたまらない。

それでも少数の米軍爆撃機が空母群の上空へ進入しようと試みたが、そのときにはもう、時刻は午後六時をまわっており、洋上飛行に不慣れな米陸軍機は、四〇〇海里以上もの距離を進出させられた挙げ句に、すっかり薄暮を迎えた空の暗さになやまされ、まったく有効な攻撃をおこなうことができなかった。

第二機動艦隊の防空戦はわずか五分ほどで終了し、結局、米軍攻撃隊はなんら戦果を挙げることなく、紫電改の迎撃に遭って七〇機以上を喪失してしまった。

対する第二機動艦隊も一二機の紫電改を失っていたが、午後六時一四分に日没を迎えて紫電改の全機を収容し終えると、山口中将は午後六時四五分に反転を命じ、速力二四ノットで艦隊の針路を再びガ島へ向けたのである。

そしてそのころにはもう、周辺洋上はすっかり暗闇につつまれており、ラバウルの水上機基地からは、山口司令部からの依頼に応じて、今まさに一八機の二式飛行艇が〝夜間索敵〟に飛び立とうとしていた。

2

日付けが変わった二月二〇日の未明・午前二時ちょうど――。

昨夕の防空戦からたっぷり七時間以上が経過して、速力二四ノットで南下し続けた第二機動艦隊は今、ガ島の北およそ二四〇海里の洋上へ達していた。

彗星や天山およそ一〇〇機を放ち、ガ島の敵飛行場に夜間攻撃を仕掛けようというのだ。

母艦九隻の艦上ではそれら攻撃機がすでに待機していたが、ひとつだけ注意が必要だった。

ラバウルから発進していた二式飛行艇のうちの一機が敵の大艦隊と遭遇し、つい先ほど午前一時四八分に、敵艦隊は〝ガ島の南方およそ二五〇海里の洋上を速力およそ二〇ノットで北上中！〟と伝えてきたのだった。

空母の有無は定かではなかったが、山口中将と有馬少将は、これを〝小型改造空母をふくむ有力な米艦隊にちがいない〟と判断していた。二式飛行艇は敵艦隊の速度を〝およそ二〇ノット〟と報告してきたが、商船改造の護衛空母でも〝最大で二〇ノット程度は出せるだろう〟と考えられたからである。

この推測が正しいとすれば、いたずらにあわてる必要はなかった。


ガ島をあいだに挟んで敵艦隊との距離は五〇〇海里ちかくも離れており、本日（二〇日）午後になるまでは敵艦載機から攻撃を受けるようなことは〝まずない〟と考えてよかった。

敵艦隊に万一、空母がふくまれていたとしても米軍艦載機の攻撃半径は二〇〇海里程度でしかなく、第二機動艦隊がガ島の（北方）二〇〇海里圏内へ踏み込みさえしなければ、空母をふくむ敵艦隊は、たっぷりあと半日（一二〜一五時間）ほど掛けて三〇〇海里ちかくもの距離を北上しなければ、第二機動艦隊に航空攻撃を仕掛けることができないのだ。

――（今から一二時間後の）本日・午後二時ごろまでは、敵艦載機から攻撃を受けるようなことはまずない！

山口はすばやくそう計算した。

が、念のため、有馬の考えもただした。

「敵艦隊が出現した。さて、どうする……、一旦ガ島攻撃を中止して、敵艦隊との戦いを優先すべきかね？」

すると、有馬は即座にかぶりを振って、これを打ち消した。

「いえ、いまだ敵艦隊との距離はかなり離れております。空母が存在したとしても午前中に攻撃を受けるようなことはないでしょう。……ここはガ島の敵飛行場を一気に踏みつぶし、午前中に無力化しておくべきです。……でないと、かえって敵空母と敵飛行場の両方を相手にするようなことになりかねません！」

有馬の言うとおりだった。それにガ島の敵機を壊滅させておけば、ラバウル航空隊はポートモレスビー敵航空隊との戦いに専念できる。

ラバウル航空隊は、ガ島陥落後、二正面作戦を強いられ苦しんできたが、ポートモレスビーから来襲する敵機と戦うだけでよいとなれば、その負担は大きく軽減されて、充分、対等以上に戦えるようになるだろう。

その効果もあるため、有馬の考えが〝自分とまったく同じである〟とわかるや、即座に山口はガ島への夜間攻撃を決意したのだった。

午前二時ちょうど。山口は、夜間攻撃隊として出撃待機中の、彗星五四機、天山四五機に対して躊躇なく発進を命じた。

発進の命令が下りるや、九隻の母艦は速力二〇ノットで一斉に北東へ向けて変針し、九九機の攻撃機がまもなく午前二時一五分にはすべて上空へ舞い上がった。

各母艦の出撃機数は最大でも一八機。

攻撃隊は加賀飛行隊長の市原辰雄少佐に率いられて出撃してゆく。市原隊長は天山九機を直率して「加賀」から飛び立ち、山口中将らが座乗する装甲空母「信濃」からは、彗星九機と天山九機が飛び立って行った。

市原少佐は二ヵ月半ほど前、オアフ島に対する夜間攻撃も成功させている。

飛行隊の練度は充分だが、基地攻撃といえども一〇〇機以上の大編隊を率いての夜間攻撃はかなりむつかしい。そのため機数を思い切って制限したが、まずは敵飛行場をしばらく混乱状態におとしいれるのが目的だし、オアフ島の飛行場規模に比べれば、ガ島飛行場の規模は大したことがないので、攻撃機が九九機もあれば〝まずは充分〟にちがいなかった。

当然ながら空はまだ暗い。

空中集合を終えた攻撃機の尾灯がひとかたまりとなって夜空に輝き、まもなくして南の空へ吸い込まれて行った。

それを確認すると、山口中将は空母群の針路を再び南へもどし、第二機動艦隊はガ島の北二〇〇海里の洋上までゆっくり軍を進めた。夜間攻撃隊の負担をすこしでも減らすためだが、敵艦隊が出現したため、それ以上南へ進軍することは強いてひかえた。

「ガ島への攻撃開始は何時ごろになるかね?」

ひと息吐きながら山口がそう訊くと、これには航空参謀の嶋崎重和《しまざきしげかず》中佐が即答した。

「午前三時四〇分ごろになります!」

はたしてその言葉どおり、午前三時三八分には市原隊長機の発信した突撃命令（ト連送）が、空母「信濃」艦上でも受信された。

夜間攻撃隊はガ島の手前・約一二〇海里の上空へ達してから高度を下げ始め、敵のレーダー探知を避けながら基地上空へと進入、まんまと奇襲に成功したのだった。

いや、実際には、日本軍攻撃隊が進入して来るその一〇分ほど前に、ガ島の米軍航空隊司令官は異変に気づいていた。ところが、基地に配備されていた戦闘機のなかで夜間戦闘が可能なものは昨夕の戦闘で二〇機ほどに減らされており、しかもその大半がＰ38戦闘機だった。米軍司令官は大急ぎでそれら夜間戦闘機に発進を命じたが、修理中のものが多く、結局、日本軍攻撃隊が進入して来るまでのあいだに舞い上げることのできた戦闘機は、Ｐ38わずか二機にとどまった。

これまでにも、夜間に日本軍爆撃機がガ島へ来襲するようなことは何度かあった。

それはたしかにあったが、それらの日本軍機はすべて遠くラバウルから発進していた。そのため低高度で近づいて来たためしがなく、基地の対空見張り用レーダーによって事前にもれなく探知されていた。

しかも、このときガ島には陸軍機が中心となって配備されていたため、事実上、航空戦の指揮を執っていたのはアメリカ陸軍の司令官だった。空母戦の経験がなくレーダー探知に頼りすぎていた彼は、およそ対応が後れて充分な数の迎撃戦闘機を上げることができず、今はじめて〝空母機動部隊の恐ろしさ〟というものを身をもって体験することになった。

二機のＰ38をなんとか舞い上げたが、それら味方戦闘機が充分な高度を確保する前に、手練《てだれ》の日本軍艦載機は容赦なく爆撃を開始した。

日本の空母を攻撃するために滑走路やエプロン地帯ではB24爆撃機以下の整備、補給も同時にやらせていたが、そのことがあだとなって、迎撃戦闘機の発進が後れたばかりでなく、出撃準備中の爆撃機、戦闘機に爆炎が引火して、ガ島に在る三つの飛行場はいずれもたちまち火の海と化してしまった。

もはやこうなると後の祭りで、舞い上げたP38と基地の対空砲火によってなんとか一二機の日本軍機を返り討ちにしたものの、ガ島のアメリカ軍飛行場は三ヵ所とも大破して、復旧に最短でもまる一日を要するであろう、損害をこうむってしまったのである。

午前四時一二分。敵飛行場を三つとも破壊して所期の〝目的を達した！〟と確信した市原隊長はまもなく攻撃隊に引き揚げを命じた。

3

本日の日の出時刻は午前五時五二分。よって午前五時二〇分ごろには空が白み始めてくるが、第二機動艦隊の母艦九隻は、市原少佐の夜間攻撃隊を収容する前に、本命の昼間攻撃となる、第一波攻撃隊を発進させておく必要があった。

その兵力は、紫電改九九機、彗星五四機、天山七二機の計二二五機。

また第一波の発進と同時に「信濃」「加賀」からは彗星三機ずつ、計六機を索敵に出して敵艦隊の動向を探らせる。まもなく夜が明けるため、ラバウル発進の二式飛行艇が発見した敵艦隊に〝空母がふくまれているかどうか〟などを、確かめようというのだ。

第二機動艦隊はすでにガ島の北およそ二〇〇海里の洋上に達しており、山口中将は午前五時一五分に、第一波攻撃隊に発進を命じた。

第一波は村田重治少佐に率いられて出撃してゆく。その全機と索敵隊の彗星六機が午前五時三〇分までに上空へ舞い上がったが、そのときにはもう「夜間攻撃隊」の彗星や天山が艦隊上空へ帰投して来ており、九隻の母艦は第一波の発進作業を終えるやいなや、立て続けに帰投機の着艦収容を開始した。

いや、それだけではない。収容作業のさなかに母艦九隻の格納庫では第二波攻撃隊の出撃準備も進められており、午前六時一五分には第二波攻撃隊の発進準備も万事ととのった。

その兵力は、紫電改九六機、彗星四五機、天山三六機の計一七七機。

もはや周囲はすっかり明けており、第二波攻撃隊は江草隆繁少佐に率いられて発進。その全機が午前六時三〇分には上空へ舞い上がった。

そして、第二波攻撃隊が発進したあと、空母九隻の艦上には、「夜間攻撃隊」の彗星、天山や索敵用に残されていた彗星一五機をふくめて、紫電改六〇機、彗星五七機、天山四五機の計一六二機が残されていた。

もし、敵艦隊に空母がふくまれておれば、これら艦載機で攻撃を仕掛けようというのだが、そのころにはもう、第一波攻撃隊と同時に索敵に出していた彗星六機は、おおむね二〇〇海里以上の距離を進出していた。けれども山口司令部の読みどおり、南方二〇〇海里圏内にいまだ敵艦隊のすがたはなく、いずれの彗星からもそれらしい報告は入らなかった。

艦上に残された一六二機を〝さらにガ島攻撃に差し向ける〟という考えもあったが、索敵隊の彗星は、午前七時三〇分には三六〇海里の距離を進出し、索敵線の先端へ到達するので、山口中将はそれまでは下手にうごかず自重していた。

また、山口の命により、第二機動艦隊は第二波攻撃隊を発進させたあと、ガ島の北およそ二〇〇海里の洋上で遊弋し続けていた。

するとまもなく、午前六時四〇分には第一波攻撃隊がガ島の上空へ達し空襲を開始した。

村田隊長機の突撃命令を皮切りにして、各飛行隊長の発した攻撃命令も「信濃」へ次々と入電してくる。それに耳を傾けていると、米軍飛行場は三ヵ所ともいまだ混乱状態にあるようで、第一波攻撃隊は大した抵抗も受けずに思う存分、暴れまわっているようだった。

その攻撃も午前七時一五分には止み、村田隊長機はガ島の敵飛行場いずれに対しても〝壊滅的な損害をあたえた!〟と報じている。さらに第二波攻撃隊もガ島の攻撃に向かっているため、もはや艦上に残された一六二機を基地攻撃に使う必要はなさそうだった。

村田機からの報告を受け、山口は、母艦九隻の艦上に残されていた彗星四八機と天山四二機に敵艦攻撃用の兵装を命じた。が、彗星九機には爆弾を装備させず、索敵機として温存しておくことにした。

そして午前七時三〇分には、予定どおり六機の彗星がすべて索敵線の先端に達したが、山口中将や有馬少将の期待もむなしく、結局、索敵に出した彗星六機は一機も敵艦隊を発見することができなかった。

じつは、ラバウル発進の二式飛行艇と未明に遭遇した連合軍の艦隊は、なにをかくそうイラストリアス級空母五隻をふくむイギリス太平洋艦隊の主力部隊だった。

そのことにまちがいはなく、戦艦「キングジョージ五世」に座乗するローリングス中将も午前四時三〇分までは速力二〇ノットでガ島へ向け部隊を北上させていた。ところが、午前四時一五分過ぎにはガ島の友軍飛行場が破壊されたと知り、同島の南南西一九〇海里の洋上に達したところでローリングス中将は急遽進軍中止を命じ、その後は辺りを遊弋し始めていたのだった。

索敵任務をおびた彗星のうちの一機は午前七時三〇分ごろ、イギリス艦隊の手前（北方）およそ三五海里の上空まで達していたが、あともう一歩というところで接触の機会を逃していた。

そして、ローリングス中将が北進を中止したのはおよそ賢明な判断だった。

ガ島の飛行場が破壊されていなければ、ローリングスやヴィアンは、それを〝盾に使える！〟と計算していたが、その〝盾〟を失い、日本軍空母艦隊の正確な動向をつかめぬまま、夜間に有力な敵に対して不用意に近づくのはあまりにも危険な賭けにちがいなかった。

また、主力部隊の南南西およそ六〇海里にはヘンリー・C・ボウェル少将の工作空母「ユニコーン」や護衛空母八隻が続いていたし、同じく主力部隊の南南東およそ九〇海里にはアメリカ第七艦隊の護衛空母一六隻も続いていたので、夜明けを迎えるまでに、これら低速部隊とも〝できるだけ軍を近づけておくべきだ〟とローリングス中将は判断したのであった。

第七艦隊麾下のカサブランカ級護衛空母一六隻は、一八日にヌーメアから出撃していた。

周知のとおり、これら連合軍艦隊の目的はラバウルを空襲することにあったが、日本軍空母艦隊が現れたからには、それを放置したままソロモン海へ踏み込むのはいかにも危険すぎた。ラバウルから挟み撃ちにされる。また、敵空母艦隊との戦いが予想されるため、ローリングス中将は味方空母部隊同士が〝離れすぎているのもよくない〟と考えて護衛空母群との連携を決めたのだが、朝になればサンタクルーズなどの周辺基地から友軍飛行艇なども飛び立つことになっており、日本軍空母艦隊の〝位置や兵力などをきっちりと把握してから戦いを挑んだほうがよい！〟との考えが、彼に北上を思いとどまらせた、いまひとつの動機になっていた。

索敵に関して飛行艇などの手も借りようというのだが、はたして、この策は的中した。

午前九時三〇分過ぎ。夜明けとともにサンタクルーズから発進していたカタリナ飛行艇が日本軍空母艦隊との接触に成功し、ローリングス中将のイギリス太平洋艦隊は、夜明け後の索敵において先手を取ることができたのだ。

しかもローリングスの主力部隊は、ボウェルの護衛空母群のみならず、第七艦隊のアメリカ護衛空母群ともおよそ合流を果たして、兵力の分散を避けることができた。

――よし！　こうなれば六〇〇機以上もの味方艦上戦闘機を集中できるので、およそこわいものはない！

ローリングスはそう安堵していたが、事はそう単純ではなかった。

そのカタリナ飛行艇の報告によると、午前九時三〇分過ぎの時点で、日本軍空母艦隊はガ島の北二〇〇海里付近で遊弋し続けており、ローリングス部隊との距離はいまだ〝四〇〇海里〟ちかくも離れていた。

味方艦載機で攻撃を仕掛けるには、あと二〇〇海里も距離を詰めなければならない。速力二五ノットで北上したとしても、敵空母群を攻撃圏内に捉えるのに八時間も掛かるのだ。

しかも、日本の艦隊には〝空母が一〇隻以上もいる！〟と報告されたし、主力部隊が速力二五ノットで北上すれば、のろまの護衛空母群は付いて来られず、せっかく合同したその意味がなくなってしまう。敵空母は一〇隻以上だ。主力空母五隻だけで北上すれば、二倍以上もの敵空母を相手にしなければならない。

さらに、速力二五ノットで急ぎ北上したとしても、敵空母群を味方艦載機の攻撃圏内に捉えられるのは、今（午前九時三〇分過ぎ）から八時間後のことだから、その時にはもう、時刻は午後五時三〇分を過ぎており、本日中に攻撃を仕掛けるのは断じて不可能にちがいなかった。

ローリングス中将は、隊内電話でヴィアン少将とも相談した結果、護衛空母などもふくめた全軍で北上し、速力一五ノットで軍を進めることにしたのである。

4

第二波攻撃隊の空襲がとどめとなり、第二機動艦隊はガ島・米軍飛行場の破壊に首尾よく成功していた。

ガ島飛行場はどれも破壊された爆撃機や戦闘機の残骸であふれ、滑走路はずたずたに寸断されている。すぐに飛び立てそうな機はもはや一〇機ほどとなっていたが、それらの機も飛行場の整備が終わるまでは、危なっかしくてとても発進を命じることはできなかった。

破壊された米陸海軍機は全部で三〇〇機以上に及び、そのうちの二〇〇機ちかくが修理できないほどの致命傷をこうむっていた。

ガ島航空隊司令官はあらためて〝空母機動部隊の恐ろしさ〟というものを身をもって痛感させられたが、基地航空隊の弱点を巧みに突いた第二機動艦隊・艦載機の息も継がせぬ波状攻撃によってガ島飛行場は三ヵ所とも破滅的な損害を受け、全面復旧には〝一ヵ月以上を要する〟との報告がなされていた。

敵飛行場にとどめの攻撃をおこなった第二波攻撃隊は、午前九時二五分ごろから第二機動艦隊の上空へ帰投し始めていたが、それら帰投機を収容しているさなかに、艦隊はサンタクルーズ発進の米軍飛行艇から接触を受けたのだった。

直掩に当たっていた紫電改六機がまもなく同機を退散させた。が、これで第二機動艦隊の動向を敵に知られたのは確実だった。

山口中将は、午前九時五二分に収容作業を完了すると、九機の彗星に発進を命じて本日二度目の索敵を開始した。

いまだ三〇〇海里圏内に敵艦隊が存在するとは思えないが、一度目の索敵が空振りに終わってからもはや二時間以上が経過している。今、発進を命じた九機が三〇〇海里の距離を進出するころには敵艦隊を発見する可能性が大いにあった。

「第二段索敵の彗星はいずれも正午には索敵線の先端へ達します！」

航空参謀の嶋崎中佐がそう報告すると、山口はこれにうなずきながら命じた。

「念のため、われわれは一旦北進する。速力一八ノットで北上後、ガ島の北二四〇海里の洋上で遊弋せよ！　……索敵隊の彗星が帰投時に母艦を見失うようなことはあるまいな……」

山口があらためて確認をもとめると、これにも嶋崎が即答した。

「はい。艦隊が北上する可能性のあることは、あらかじめ索敵隊搭乗員に伝えております」

この答えに、山口はいかにも満足げにうなずいてみせた。敵艦載機から不意打ちを喰らうようなことはまずないはずだが、索敵で先手を取られたのでおよそ注意が必要だ。

もはや第二機動艦隊の位置は敵に知られてしまったので、ラバウル発進の二式飛行艇が未明に遭遇した敵艦隊に〝もし空母がふくまれている〟とすれば、敵艦隊は〝こちらへ必ず近づいて来るにちがいない！〟と山口は考えた。

艦隊に一旦北上を命じたのはそのためだが、第二機動艦隊司令部は、いまだに敵空母の有無さえつかめておらず、まずはそのことを確かめるのが先決だった。

今、発進を命じた彗星が索敵線の先端に達する正午ごろまでは安全策を採るしかなくじつにじれったい二時間になりそうだったが、実際には二時間も待つ必要はなかった。日の出と同時にラバウルからは八機の二式飛行艇が哨戒に飛び立っており、そのうちの一機が午前一〇時八分に敵艦隊を発見、待望の報告を入れてきたのだ。

『敵大艦隊見ゆ！　空母二〇～三〇隻、うち五隻は大型なり！　戦艦二隻、その他随伴艦多数。敵艦隊は、ガ島の南南西およそ一八五海里の洋上を速力一六ノットで北上中！』

これこそ、山口司令部が待ち望んでいた報告にちがいなかった。報告電を発した二式飛行艇はまさしく殊勲に値する仕事をやってのけたが、実際そうにちがいなく、同機は敵戦闘機に悩まされながらも一五分ちかくにわたって敵艦隊上空でねばり続け、かなり正確かつ詳細な報告を第二機動艦隊にもたらしていたのである。

報告によれば、敵艦隊との距離はいまだ三九〇海里ほど離れており、そのことは山口司令部の読みとおよそちがっていなかった。しかしこの電文を手にして、さすがの山口もにわかに驚かざるをえなかった。

「おい！　うち五隻は〝大型なり〟となっておるが、これはいったいどういうことだっ⁉」

「大型空母が五隻ふくまれているということでしょうが……」

「そんなことはわかっておる！　しかし米軍機動部隊は今、壊滅状態にあるはずだ！　一隻や二隻ならわからぬでもないが、五隻も大型空母が出て来たとなれば、まったく信じられん……」

有馬参謀長の言葉をさえぎって山口が吐き捨てるようにそう言ったが、有馬としても首をかしげるしかなかった。

「まったくです。エセックス級空母の建造状況はわがほうもおおむね把握しておりますが、五隻というのはいかにも多すぎます。……おそらく報告を入れてきた飛行艇偵察員の見間違いではないでしょうか……」

「ふむ……。しかし、五隻は〝大型なり！〟とはっきり断定されているのが気になる。数が不確かなら〝数隻〟とか〝およそ五隻〟とか、そうした報告をおこなうはずではないか？」

するとき、有馬はすこし考えてから答えた。

「それはそう思います。ですが、敵艦隊は〝一六ノット〟で北上中と報告しておりますので、やはり高速の大型空母ではなく、偵察員の見間違いではないでしょうか？」

「そんなもの、いまだ速度を上げておらぬだけのことかもしれん！」

そう言った途端、山口の頭のなかにふと不吉な考えがよぎった。

――五隻が大型空母だとすれば、残る小型空母のなかにも高速の軽空母が数隻ふくまれているかもしれない……。

もしそうだとすれば、これはまさに高速機動部隊を中核とする敵艦隊であり、いずれ速度を上げて第二機動艦隊の方へ〝急接近して来る〟ということも考えられた。

米軍機動部隊は今現在、壊滅状態にあるはずだが、空母のうち〝五隻は大型なり〟という報告がある以上、山口はこうした考えを完全には捨てきれなかった。

「……いずれにしても、もうすこし敵情を探る必要がある。幸い敵との距離はまだ遠いので、彗星三機を追加で索敵に出そう。とくに大型と報告された敵空母の艦型を突き止める必要がある。要するに〝エセックス級空母が存在するのか否か〟ということだが、腕の立つ偵察員が乗る彗星をとくに厳選して索敵に出し、敵空母の艦型を突き止めるよう命じてくれたまえ」

第一段索敵に出た彗星はすでに六機とも母艦へ帰投しており、この時点で第二機動艦隊には、偵察用の彗星一二機が残されていた。

山口中将から指示を受けた航空参謀の嶋崎中佐はただちに人選に入り、とくに信頼のおける彗星三機を選び、有馬少将の承諾を得た。

そして午前一〇時一八分には、空母「信濃」「加賀」「雲龍」からそれぞれ一機ずつ、計三機の彗星が追加で索敵に飛び立った。

敵艦隊との距離は三九〇海里ほどだが、三機にはとくに四〇〇海里ちかくの距離を進出するよう指示が出された。爆弾を装備しなければ、彗星はそれぐらいの距離を往復できる。このとき第二機動艦隊は一八ノットで北進していたが、およそ二時間後の午後零時一五分ごろには、これら彗星三機が敵艦隊上空へ到達するはずだった。

5

はたして第二機動艦隊は、正午にはガ島の北方二四〇海里の洋上に到達し、それと相前後して旗艦「信濃」には第二段索敵機などから報告電が入り始めていた。

それによると、空母多数をふくむ敵艦隊は、ガ島の南南西およそ一五五海里の洋上まで北上して来ており、正午の時点で第二機動艦隊との距離はおよそ三九五海里に開いていた。これは第二機動艦隊もまた敵と同様に北上していたためだが、第二段索敵機の彗星は三六〇海里以上の距離を南へ進出し、九機のうちの二機が敵艦隊との接触に成功、やはり二機とも〝敵空母五隻は大型なり〟と報じてきた。

山口司令部は両機に対してただちに〝敵大型空母の艦型を知らせよ！〟と命じたが、どうやら一機は敵戦闘機に撃墜されてしまった模様でまもなく音信不通となり、残るもう一機が午後零時一〇分過ぎになってようやくそれらしい報告を入れてきた。

『敵艦隊は英空母らしきもの数隻をふくむ！』

　じつはその彗星は空母のマストにはためくユニオン・ジャックを眼にしてそう報告していたのだが、その電信はあくまで〝英空母らしきもの〟と報じていたので、「信濃」艦上ではいまひとつ確信が持てず、なおも〝大型空母の正体〟を特定するにいたっていなかった。

　しかしながら、この報告電がおよそヒントとなり、しばらくしてから、山口中将自身がつぶやくようにして言った。

「まてよ……、たしか一ヵ月以上前に艦載機でパレンバンを空襲されたことがあったな……。パレンバンを空襲した英空母が今度はサンゴ海へ出て来たのではないか？」

　これを聞くや、参謀長の有馬少将もハッと気づいて即座に同意した。

「あっ、そうです！　なるほどそうにちがいありません！」

　米本土西海岸の基地から豪北方面まで進出して来るには、およそ一ヵ月は掛かる。損傷した米空母が修理を完了して〝五隻もやって来た〟と考えるのは、どうしても無理があるが、それがインド洋で行動していた英空母だと考えれば、なるほど辻褄《つじつま》が合う。パレンバンが空襲されてから一ヵ月以上は経つので、そのあいだにインド洋から充分移動できるからである。

有馬もすぐにうなずいたので、山口はあらためて、そうに〝ちがいない！〟と思ったが、それにしても〝五隻〟という、その数の多さだけは、山口もいまだに信じられなかった。

それは、有馬も同じだったが、その疑いも午後零時二四分にはすっかり晴れた。

『大型空母は全部で五隻。すべてイラストリアス級の英空母なり！　断じてエセックス級米空母にあらず！』

そう打電してきたのは最後に追加で発進させていた三機の彗星のうちの一機だった。

この一報を聞くや有馬がいよいよ確信し、山口に進言した。

「いまや独海軍は衰退し、それをよいことに、英海軍が主力空母の大半を太平洋へ回して来たのにちがいありません！」

もはやそうとしか考えられなかった。

そこへもう一機からも報告が入り、やはりイラストリアス級英空母にまちがいないことが確実となって、その第二報はなおも敵艦隊が〝速力一五ノットで北進しつつある〟と伝えてきた。

時刻は午後零時三〇分になろうとしており、第二機動艦隊はガ島の北方二四〇海里の洋上を遊弋し始め、敵艦隊との距離は依然として三九〇海里ほど離れていた。

日没までの時間はあと六時間ほどで、敵艦隊がたとえ三〇ノットの高速で北上して来たとしても彼我の距離は二〇〇海里以下には縮まらない。これまでにもたらされた索敵機からの情報を精査した結果、第二機動艦隊が南進しないかぎり、山口は、本日中に敵艦載機から〝攻撃を受けるようなことはない！〟と確信した。

いや、敵艦隊が依然として〝一五ノット程度で北進し続けている〟ということは、イラストリアス級以外の敵空母は、そのほとんどが〝二線級の補助空母である〟と考えてよさそうだった。

――高速の軽空母も二、三隻はふくまれているかもしれないが、敵小型空母のうちの二〇隻以上が低速の護衛空母にちがいない。敵艦隊が速度を上げて来ないのはそのためだ！

だとすれば、日没までに空母戦が生起するようなことは断じてなく、英空母を主力とする敵艦隊は〝明朝の戦いを期して〟部隊を北上させているのにちがいなかった。

まず、そう考えてよさそうだったが、イラストリアス級英空母が五隻も出て来たとなると、これは第二機動艦隊にとっても〝容易ならざる敵〟にちがいなかった。

そもそも連合艦隊司令長官の古賀峯一大将が第二機動艦隊に出撃を命じた最大の目的は、ソロモン、ニューギニア方面から米軍航空兵力を一掃することにあった。

むろん山口はそのことを重々承知しており、まずは最も攻撃しやすいガ島の米軍飛行場をきっちりと各個撃破してみせた。ソロモン方面の敵基地航空兵力を見事一掃してみせたのは上々のすべり出しだったが、第二機動艦隊はさらにサンゴ海へと踏み込み、ポートモレスビーも空襲してニューギニア方面の敵基地航空兵力も根絶やしにしなければならない。

そしてその場合、二線級の敵護衛空母群などが出て来ることは当然、山口も予想していたが、まさか英主力空母が〝五隻も出て来る〟とはまるで考えていなかった。

ところが、こうしていざ、作戦を開始してみると、イラストリアス級空母は言うに及ばず三〇隻もの米英空母が第二機動艦隊の前面に立ちふさがって来たのだから、これはまさしく容易ならざる敵にちがいなかった。

現在の状況を俯瞰《ふかん》して観ると、第二機動艦隊はイギリス太平洋艦隊の〝ラバウル空襲〟を阻止するために敵前で立ちふさがっているのであり、反対にイギリス太平洋艦隊および護衛空母群は、第二機動艦隊の〝ポートモレスビー空襲〟を阻止するためにその前面で立ちふさがっているのであった。作戦目標を達成するために日・米英両艦隊はたがいに譲らず、ここに一大空母決戦が生起する土俵が出来上がっていた。

そして、米英艦隊が勝利すれば、日本は油断に追い込まれる可能性が高く、連合艦隊は石油を絶たれていずれ干上がり、ハワイを占領した意味もほとんどなくなってしまう。

しかし第二機動艦隊が逆に勝利すれば、後顧の憂いをほぼ取り除くことができ、真珠湾に空母を集結させて、いよいよ米本土に矛先を向けられるのであった。

正式空母の数こそ〝七対五〟と第二機動艦隊のほうが上まわっているが、山口が〝容易ならざる敵〟と考えるのは、なるほどそのとおりで、第二機動艦隊は航空戦艦をふくめても全空母数において〝一五対三〇〟と圧倒的な劣勢であり、保有する艦載機数においても〝六八七機対九六五機〟の劣勢に立たされていた。

第二機動艦隊は、ガ島攻撃や索敵などにおいてすでに四五機を喪失しており、保有艦載機数でも二七〇機以上の差を付けられていた。

二七〇機という機数は帝国海軍の空母なら翔鶴型およそ三隻分の航空兵力に相当するので、決してバカにならないが、この劣勢を跳ね除けるにはもはや四の五の言っておられず〝切り札〟を切るしかなかった。

「夜襲攻撃隊」である。

本来「夜襲攻撃隊」は宿敵・米軍機動部隊との戦いに備えて温存しておきたかった。半年もあれば、おそらくアメリカ太平洋艦隊は、機動部隊を立てなおしてくるだろう。しかし、もはやこうなると、「夜襲攻撃隊」を出し惜しみしているような場合ではなかった。

むろん大量の護衛空母などが出て来た場合にはすかさず「夜襲攻撃隊」を使うつもりでいた。そのために連合艦隊司令部は、鷹型空母などを第二機動艦隊の指揮下へ編入しておいたのだ。

ところが実際には、司令部の予想をはるかに越える規模の敵空母艦隊が出現したのだから、山口としてもここは切り札に頼るしかなかった。でないと、敵空母群との戦いで大量の艦載機を消耗してしまい、ポートモレスビー攻撃どころではなくなる。

第二機動艦隊をあずかる山口中将はついに〝夜襲〟を決意し、ラバウルの味方飛行艇部隊に対して〝接触機〟の役割を担うよう、あらためて依頼しておいた。第二機動艦隊の動向はもはや敵に知られており、電波の発信を厭《いと》う理由はおよそなかった。旗艦・装甲空母「信濃」が依頼電を発したのは二〇日・午後一時のことだった。

いっぽう、戦艦「キングジョージ五世」の艦上では、そのころローリングス中将が苦渋の決断を下していた。

――ガ島飛行場の無力化に成功した日本軍空母艦隊は、続いてポートモレスビーを攻撃して来る可能性が高いぞ！

ローリングス司令部はそうみていたが、この考えは実際に的を射ていた。ただし、この考えはあくまでも推測の域を出ず、ローリングスとしても敵の次の狙いは〝ポートモレスビーにある！〟と断定することはできなかった。

けれども、この推測がもし当たっているとすれば、英・米連合軍艦隊は一旦、ポートモレスビー近海まで軍を下げるべきだった。

日本軍空母艦隊にまずポートモレスビーを空襲させておき、その間に有利な位置から急接近、味方艦載機で日本の空母群に横槍の攻撃を仕掛けることができるからであった。そうすれば、勝利の確率はぐっと高まる。

そもそも有力な日本軍空母艦隊と干戈《かんか》を交えて確実な勝利など望むべくもなかったが、ポートモレスビーを〝盾〟として使えば、味方空母艦隊は友軍基地航空隊との挟撃を望めるのだ。

したがって、ここはポートモレスビー近海まで軍を下げるのが上策にちがいなかったが、事はそう単純ではなく、じつは、つい数時間ほど前・ガ島の友軍飛行場を無力化されるまでは、ローリングス司令部は（ポートモレスビーではなく）ガ島の友軍飛行場を〝盾として使える！〟と計算していたからこそ、同島の救援に向かい、部隊を北上させていたのだった。

ところが、日本軍空母艦隊の水際立った攻撃により、その計算がたちどころに狂わされてしまった。まさか、ガ島の友軍航空隊がわずか半日足らずで壊滅する、とは思ってもみなかった。

――ガ島飛行場にはたっぷり三五〇機におよぶ友軍機が配備されている。二四時間以上は充分に持ちこたえてくれるだろう……。

ローリングスはそう考えて艦隊を北上させていたが、その当てがにわかにはずれて泡を喰い、たまらず味方全空母に集結を命じたのだが、それがいかにも悪かった。

後続していた二つの護衛空母群にはとっさに反転を命じ、それら低速部隊を南へ先行させていたとしたら、あるいはポートモレスビー近海で有利な迎撃態勢を構築できていたかもしれない。けれども、空母兵力の分散を〝良くない〟と考えたローリングスは、ガ島飛行場〝壊滅！〟の知らせに泡を喰ってまず合同を命じてしまい、午後一時を過ぎた今となっては、南への反転が完全に手後れとなってしまっていたのだった。

午後一時の時点で日本軍空母艦隊との距離は約三八〇海里となっており、高速部隊はポートモレスビー方面へ余裕で逃れることができるが、低速部隊は一八ノットでしか航行できず翌朝には日本軍艦載機につかまってしまう。日本軍空母艦隊が速力二五ノットで南下して来たとしたら、今から一六時間後の翌朝・午前五時には距離が二七〇海里以下に縮まり、二四隻の護衛空母は高速部隊の後方へ置き去りとなって、敵艦載機から一方的な攻撃を受けるのだ。

むろん二四隻もの味方空母を置き去りになどできない。そんなことをすれば、敵にわざわざ各個撃破の機会をあたえてやるようなもので、まず護衛空母群を壊滅させられた連合軍艦隊は、残る高速空母五隻と工作空母一隻で、日本軍空母艦隊を迎え撃たねばならないのだった。

ただしローリングスには、いま一つだけ試してみるべき策があった。

日没までは速力一五ノットで北上し続け、敵に威圧をあたえる。そうすれば、足の長い艦載機を持つ日本の空母群は、一定の距離を保とうとして南下を思いとどまるかもしれない。しかも、夜間は〝その距離を保とう〟とする可能性がかなりある。夜のあいだ日本軍空母艦隊がガ島北方洋上で遊弋し続けてくれれば、その裏を掻いて味方全軍で日没後ただちに南へ反転、朝になるまで、敵はそのこと（南への反転）に気づかず、護衛空母なども従えてポートモレスビー近海へ全軍を下げることができるかもしれなかった。

味方空母を分散させずに軍を下げるにはもはやこの方法しかなく、ローリングスは午後二時を過ぎてもなお、全部隊を北上させ続けた。

ところが実際には、ローリングスの思惑どおりにはならなかった。本日中に〝敵艦載機から攻撃を受けるようなことはない！〟とすでに確信していた山口中将は、午後二時三〇分には速力二〇ノットで第二機動艦隊に南下を命じ、彼我の距離はぐんぐん縮まりつつあった。

そして、午後三時三〇分の時点で両者の距離はおよそ三二五海里にまで縮まり、サンタクルーズから二次索敵に飛び立っていたPBY飛行艇から通報を受け、ローリングスはまもなくして、日本軍空母艦隊は〝すでに南下しつつある！〟という事実を知った。彼が一縷《いちる》の望みを託した最後の策もあえなく失敗に終わったのだった。

――くそっ、もう南下して来たか！　このままでは一時間半後には（敵空母との距離が）二七〇海里ほどに縮まってしまう！

ローリングスはそう悟ったが、二七〇海里という距離は、米英軍艦隊にとってはなるほど、最悪の距離だった。味方艦載機の合理的な攻撃半径は二〇〇海里程度でしかなく、味方は〝攻撃できないが、敵は攻撃できる〟という、最悪の条件下に味方空母群が置かれることになる。

日没時刻は午後六時一四分だが、午後六時四五分ごろまでは薄暮が続く。日本軍艦載機が午後五時に空母から発進したとすれば、一時間半後の午後六時三〇分には味方空母群の上空へ来襲する可能性がある。残る攻撃時間は一五分ほどしかないが、敵空母が薄暮攻撃を〝仕掛けて来ない〟とはあながち言い切れなかった。

――これ以上、北進を続けるのは危険だ！

午後三時四五分。ローリングスは全部隊に対して反転、南下を命じたのである。

夜にこそ〝敵方へ近づいてやろう！〟と決めていた山口が、ローリングスの小細工にやすやすと引っ掛かるはずもなかった。

6

ラバウル発進の二式飛行艇から第二機動艦隊の旗艦・装甲空母「信濃」に報告電が入り始めたのは二〇日・午後一〇時過ぎのことだった。

山口司令部からの要請に応じてこの日、日没を迎える直前の午後六時には、ラバウルから九機の二式飛行艇が索敵に飛び立っていた。

二式飛行艇は、三八〇〇海里という桁違いの航続力を持ち、たとえ九〇〇海里の距離を往復したとしても敵上空で一二時間以上もとどまり続けることができる。

巡航速度は時速一六〇ノット。九機の二式飛行艇は零式吊光照明弾一六発ずつを搭載してラバウルから飛び立っていた。

大量の空母を擁する米英軍艦隊がガ島の南方洋上で行動中であることは、ラバウル航空隊も当然承知しており、九機の二式飛行艇のうちの一機がまず午後一〇時四分に敵艦隊との接触に成功、すかさず照明弾を投下して多数の空母がふくまれていることを確認した。

同機はおよそ六五〇海里の距離を進出して敵艦隊の上空へ達していたが、いまだガソリンを二〇パーセント程度しか消費しておらず、巡航速度で大きく旋回しながらあと一五時間ちかくは敵艦隊上空でねばれそうだった。

いや、同機だけではない。通報を受けたほかの飛行艇八機も次々と敵艦隊との接触に成功。

午後一〇時三〇分にその数は五機に増えて、午後一一時過ぎには九機とも敵艦隊との接触に成功した。とはいえ、敵艦はあまりにも広大な範囲にわたって群れを成しており、その全貌をつかむのはレーダーを搭載する二式大艇といえども容易なことではなかった。そこで九機の飛行艇は三機ずつ三隊に分かれて入れ代わり立ち代わり照明弾を投下、敵・夜間戦闘機の追撃に悩まされながらも輪形陣のなかへ出たり入ったりして、敵空母群の様子を根気よく探り続けた。

イギリス軍の夜間戦闘機にとって二式飛行艇はじつにもてなし甲斐のある面倒な客だった。厄介なことにいくら弾丸をご馳走しても満足せず、なかなか退散してくれない。大抵の日本軍機は淡泊だが、これほど弾丸を受けても参らぬ日本軍機はよほどめずらしかった。

　まったくそのとおりで、艦上機の天山ならこうは敵艦隊上空でねばれず、敵夜間戦闘機の餌食となっていたかもしれない。空母群を発見したとしても、暗闇のなか、より詳細な情報を送り続けるのは困難だったろう。

　暗いため、いちど逃してしまうと再び喰い付くのがむつかしく、英軍戦闘機は巨大な機体をひとたび捕捉するや〝逃すものか！〟と必死の形相でしがみ付いて来る。だが、弾丸を撃ち込むたびに二式飛行艇の装備する二〇ミリから強烈な反撃を受け、白面のパイロットもまさに死を賭して突っ込む覚悟が必要だった。

　二式飛行艇は輪形陣の周辺から出たり入ったりして敵戦闘機を翻弄する。そして〝隙あり！〟とみるや、別の飛行艇がすかさず空母群の上空へ進入し、照明弾を投下する。

　二式飛行艇は、偵察員はもちろん副操縦士も乗るため、疲れ知らずだが、そうした状態が三〇分も続くと、さすがに英軍パイロットは疲弊し、根負けしてきた。

　日本軍飛行艇が投じるのは爆弾ではなくすべて照明弾であることもわかってきた。空母が傷付くことはなく、白面のパイロットも次第にバカらしくなってきた。この巨大機を撃ち落とすには死を賭して突っ込むしかないが、はたして死を賭してまでして阻止すべき敵なのかどうか、どうしても割に合わないような気がしてきた。

　それでも二機の二式飛行艇がエンジンやガソリンタンクに損害を受け、午前零時にはラバウルへ引き揚げて行った。その二機も撃墜をまぬがれたが、英軍戦闘機はすでに三機を失っていた。

　日付けはもはや〝二一日〟となっている。

そして、そのころにはもう、「信濃」の第二機動艦隊司令部は、敵空母は大きく〝三群に分かれて航行している〟との情報を得、肝心のイラストリアス級空母は五隻で一つの空母群を形成し〝最も南寄りで航行している！〟との情報も得ていたのだった。

また、前日（二〇日）の午後三時四五分にローリングス中将が反転を命じて以降、連合軍艦隊はガ島南方洋上を速力一六ノットで南下し続けていたが、日没を迎えた直後の午後六時三〇分に、山口中将が第二機動艦隊の進軍速度を二四ノットに上げるよう命じていたため、第二機動艦隊と米英艦隊との距離は二一日・午前零時三〇分の時点で二六〇海里にまで縮まっていた。つまり第二機動艦隊は今、後方・約二六〇海里の洋上から連合軍艦隊を追い掛けているのだった。

敵空母群の全容をつかんだのはよかったが、敵戦闘機の執拗な追撃をかわすため、二式飛行艇も最大速度で敵空母群の上空を出たり入ったりしていた。そのため実際には一二時間も敵艦隊上空でねばり続けることはできず、二一日・午前二時を過ぎると、残る二式飛行艇七機も順次ラバウルへ向けて引き揚げて行った。

いや、それら七機のガソリンはいまだたっぷり残っていたが、じつはそれ以上ねばり続ける必要がなかったのだ。

前日（二〇日）の午後九時三〇分にはラバウルから「第二段索敵隊」の二式飛行艇六機も発進しており、午前一時三〇分過ぎからそれら新手の飛行艇六機も敵艦隊の上空へ来援、「第一段索敵隊」の七機に取って代わり、三つの敵空母群を監視し始めていた。

むろん夜を徹して米英空母群の動向を探り続けようというのだが、ラバウルには二四機の二式飛行艇が完全な状態で残されており、じつは、いまだ連合軍艦隊の上空へ来援していない残る九機もすでに行動を開始していた。

そして、三番手で発進していた残る九機の二式飛行艇こそが、「夜襲攻撃隊」の突入を直接支援するために、索敵隊ではなく「夜間接触隊」として二一日・午前零時を期してラバウルから飛び立っていたのだった。

彼ら「夜間接触隊」の飛行艇九機がラバウルから発進を開始した午前零時の時点で、「第一段索敵隊」の九機はとっくに連合軍艦隊の上空へ到達しており、その索敵報告から、敵艦隊の〝未来到達位置〟を割り出して、しんがりの九機は南南東へ向けて飛び立っていた。

計算によると、連合軍艦隊はおよそ四時間後の午前四時には、ラバウルの南南東およそ〝六五〇海里の洋上へ達している〟と思われた。

これも「第一段索敵隊」からの報告で判明したことだが、連合軍艦隊は単にまっすぐ南下していたわけではなく、針路を徐々に西へ変更しながら南下しており、最終的にはサンゴ海を西へ横切って〝ポートモレスビー方面へ向かおうとしているのではないか……〟との見方がラバウル司令部でも次第に大勢を占めるようになっていた。

むろん敵艦隊が万一、大きく針路を変えるようなことがあれば、「第二段索敵隊」の飛行艇六機が逐次そのことを報告してくる手はずとなっていたが、日本側の予想はほぼ的中、午前二時を過ぎた時点で連合軍艦隊は針路をはっきり〝西南西〟へ向けて航行し始めていた。

そして、肝心の第二機動艦隊は抜かりなく敵艦隊を追走し続けており、旗艦「信濃」艦上では航海参謀がまず、敵艦隊が西南西へ軍を進めていることを報告し、その上で彼は、より語気を強めて山口中将に進言した。

「およそ一時間後の午前三時に、われわれは、敵主力空母五隻を西南西およそ二四〇海里の距離で捉えます！」

これこそ、みなが待っていた報告だった。

山口も、いつになく〝よし！〟と大きくうなずいてみせ、間髪を入れずに命じた。

「午前三時に『夜襲攻撃隊』を発進させる！　それまでに出撃準備を完了しておくよう、五航戦に伝えよ！」

命令は城島高次少将の座乗する第五航空戦隊の旗艦・航空戦艦「伊勢」へすぐに伝えられた。

旗艦「伊勢」の麾下には軽空母「龍鳳」および鷹型護衛空母四隻が在り、「伊勢」をふくむ六隻の母艦は雷爆撃機・流星をはじめとする「夜襲攻撃隊」の攻撃機を満載している。

城島高次はいまだ少将だが、海兵四〇期の卒業で中将の山口多聞とは同期だ。

山口の性格をよく知る城島は、『信濃』からそろそろ〝お声が掛かるだろう〟と予期しており、母艦六隻に対して、ただちに「夜襲攻撃隊」の出撃準備を命じた。

そして城島が命令を発してからは、なかば膠着《こうちゃく》状態にあった戦況が一挙にうごき始めた。

第二機動艦隊は今、ガ島を超えて珊瑚海へ踏み込もうとしており、「伊勢」と「龍鳳」や護衛空母四隻の飛行甲板が、出撃機の流星などでみるみる埋められていった。

はたして、攻撃隊の出撃準備は四〇分ほどで完了し、午前二時五〇分には母艦六隻の艦上で第一波・夜襲攻撃隊の攻撃機が勢ぞろいした。

第一波・夜襲攻撃隊　指揮官　北島一良少佐
航戦「伊勢」／彗星九
軽空「龍鳳」／夜戦三、流星一二
護空「神鷹」／夜戦六、流星九
護空「雲鷹」／彗星三、流星九
護空「大鷹」／彗星三、流星九
護空「冲鷹」／彗星三、流星九
※彗星は三二型、夜戦は彗星五二型

第一波・夜襲攻撃隊の兵力は、流星四八機、彗星三二型一八機、夜間戦闘機・彗星五二型九機の計七五機。

流星は半数の二四機が雷撃隊として新型の一〇六〇キログラム航空魚雷一本ずつを装備し、残る二四機が反跳爆撃隊としてこれまた新型の八〇〇キログラム爆弾「四式八〇番八号」一発ずつを装備している。照明隊として出撃する彗星三二型は一八機とも零式吊光照明弾六発ずつを装備しており、九機の彗星五二型が夜間・護衛戦闘機として第一波に随伴出撃することになっていた。

夜襲攻撃隊はこれまで二度にわたって米軍機動部隊との戦いを経験しており、練度は上々、搭乗員の腕はみな確かだ。

旗艦の航空戦艦「伊勢」をはじめ六隻の母艦は午前二時五二分に北東へ向けて一斉に回頭、風上へ疾走し始め、山口中将の意を受けて午前三時に城島少将が第一波攻撃隊に発進を命じると、先頭で待機中の彗星が一斉に発艦を開始した。

六隻の母艦はいずれもすでに速力二五ノットで疾走していたが、周知のとおり、魚雷を装備した流星の発艦には発進促進ロケット「RATO」の補助が欠かせなかった。

夜間発艦でしかも「RATO」の補助を受けての発艦ということもあり、各出撃機にはたっぷり一分ずつの発進間隔があたえられていたが、幸いこの日も北東から適度な風が吹いており、流星もまた全機が支障なく発進に成功。午前三時一五分には第一波攻撃隊の七五機が、すべて上空へ舞い上がった。

そのことを確認して城島少将も胸をなでおろしたが、母艦六隻の艦上はいずれも第二波の発進準備に余念がなく、午前三時三〇分には早くも第二波・夜襲攻撃隊の発進準備が完了した。

第二波・夜襲攻撃隊　指揮官　伊吹正一少佐
航戦「伊勢」／彗星一二
軽空「龍鳳」／彗星三、流星一二
護空「神鷹」／彗星三、流星九
護空「雲鷹」／夜戦三、流星九
護空「大鷹」／夜戦三、流星九
護空「冲鷹」／夜戦三、流星九
※彗星は三三型、夜戦は彗星五二型

第二波・夜襲攻撃隊の兵力も第一波とまったく同じで、流星四八機、彗星三三型一八機、夜間戦闘機・彗星五二型九機の計七五機。

第二波も流星の半数が新型航空魚雷を装備、残る二四機が「四式八〇番八号」反跳爆弾を装備しており、彗星三三型は一八機とも照明隊、九機の彗星五二型が夜間戦闘機として出撃してゆく。

午前三時三〇分に城島少将が発進の命令を下すと、第二波の七五機も全機が無事に発進。第二波の各機にもおよそ一分ずつの発進間隔があたえられ、午前三時四五分には第二波・夜襲攻撃隊もまた、西南西の夜空をめざして意気揚々と進撃して行った。

これで第五航空戦隊の母艦六隻艦上はすっかりもぬけの殻となった。これら六隻はいずれも流星を収容することができず、ひと足先にトラックへ引き揚げることになったが、第五航空戦隊とそれに随伴する駆逐艦六隻が攻撃機発進のため北上していたあいだにも、空母九隻を基幹とする、残る第二機動艦隊の本隊は速力二四ノットで西南西へ向けて疾走し続けていた。

山口中将の本隊はじつにいそがしく、敵を追い続ける理由は大きくいってふたつあった。

第二機動艦隊はサンゴ海まで踏み込むことになり、戦場が予定よりラバウルから大きく離れてしまった。そのため、出した「夜襲攻撃隊」の攻撃機はラバウルへ帰投させることができず、装甲空母「信濃」以下、本隊の主力空母七隻で収容しなければならないのがひとつめの理由だ。

つまり夜襲攻撃隊の負担を軽減し、流星などを収容するために、本隊は、敵艦隊との距離を詰め続けていたのだが、敵を追い続けるいまひとつの理由は、夜明けを期して敵空母群に攻撃をたたみ掛けることにあった。

敵艦隊上空では依然として「第二段索敵隊」の二式飛行艇六機がねばっていたが、逐次なされるその報告によると、第二波・夜襲攻撃隊が発進を終えた午前三時四五分の時点で、山口本隊と敵艦隊との距離はおよそ二三五海里となっていた。

そして、午前四時一五分にはその距離がおよそ二三〇海里まで縮まるが、攻撃隊発進時には一旦北上して空母の艦首を風上へ向けねばならず、連続攻撃を仕掛けるために、山口は、今のうちにできるだけ本隊を〝敵方へ近づけておきたい！〟と考えていたのだった。

――敵はポートモレスビー方面へ逃げ込もうという魂胆のようだが、そうなる前になるべく多くの敵空母を撃破しておくべきだ！

山口はそう決意していたが、敵は依然として遠ざかりつつあるため、充分に距離を詰めてからでないと、攻撃隊発進時の北進によって、せっかくの獲物を執り逃してしまうおそれがある。ゆえに連続攻撃を仕掛けるには、敵との距離を〝およそ二三〇海里に縮めてから〟第一波攻撃隊に発進を命じるのが望ましいのであった。

第一波攻撃隊　指揮官　江草隆繁少佐
②装空「信濃」／紫電改一五、彗星二四
②空母「天城」／紫電改九、彗星一八
②空母「葛城」／紫電改九、彗星一八
③空母「加賀」／紫電改一二、天山二四
③空母「飛鷹」／紫電改九、彗星六、天山九
③空母「隼鷹」／紫電改九、天山一五
④空母「雲龍」／紫電改九、彗星一八
④軽空「伊吹」／紫電改六、天山九
④軽空「祥鳳」／紫電改六、天山九
※○数字は各航空戦隊を表わす

夜明け後の攻撃が予想される、第一波攻撃隊の兵力は紫電改八四機、彗星八四機、天山六六機の計二三四機。

空中指揮官は江草隆繁少佐だ。第一波攻撃隊の発進準備は午前四時にはととのっていたが、山口中将は敵艦隊との距離が予定どおり二三〇海里に縮まったことを確認してから、午前四時一五分に発進を命じた。

旗艦の装甲空母「信濃」は三九機もの攻撃機を発進させるが、広大な飛行甲板を持つため各機が二〇～二五秒間隔で発艦、発進開始から一五分後の午前四時三〇分には第一波の二三四機がすべて上空へ舞い上がった。

そして、第一波攻撃隊が発進を完了した直後の午前四時三四分には、第一波・夜襲攻撃隊の北島隊長機がはやくも〝ト連送〟を発し、その突撃命令が「信濃」に入電していた。

英空母五隻の位置は正確にわかっており、彼我の距離は二四〇海里に開いている。

第一波の発進で北進したためだが、その開きを取りもどすために艦隊はすでに南進している。

空はまだ暗いが、母艦九隻の艦上では第二波の発進準備が急ピッチで進められていた。

第二波攻撃隊　指揮官　村田重治少佐
②装空「信濃」／紫電改一五、天山二四
②空母「天城」／紫電改九、天山一八
②空母「葛城」／紫電改九、天山一八
③空母「加賀」／紫電改九、彗星二四
③空母「飛鷹」／紫電改九、彗星九
③空母「隼鷹」／紫電改九、彗星九
④空母「雲龍」／紫電改九、天山一五
④軽空「伊吹」／紫電改三、彗星九
④軽空「祥鳳」／紫電改三、彗星九
※○数字は各航空戦隊を表わす

日の出後の攻撃が予想される、第二波攻撃隊の兵力は紫電改七五機、彗星六〇機、天山七五機の計二一〇機。空中指揮官は村田重治少佐だ。

ここは勝負どころで息も継がせぬ攻撃が必要だが、第二波攻撃隊の発進準備も午前五時一五分にはととのい、その全機が午前五時三〇分には飛び立って行った。攻撃機発進のため艦隊は再び北東へ向け疾走したが、第二波攻撃隊もまた、二三五海里の距離で発進を命じることができた。

空はほんのり白み始めており、午前五時五二分には日の出を迎える。山口中将が発進を命じた攻撃機の総数は、「夜襲攻撃隊」もふくめて、これで総計五九四機にも及び、第二波攻撃隊が西南西の彼方へ消えてゆくと、さすがの山口もそれを見てひとつ大きな息を吐いた。

けれども、敵空母は総勢三〇隻もいるのでまったく油断はできない。連合軍艦隊からの反撃に備えて、山口は手元に八四機の紫電改と彗星九機を残しておいたのである。

7

二式飛行艇もついに一機が撃墜されて「第二段索敵隊」の飛行艇は五機となっていたが、イギリス軍夜間戦闘機もこれまでに四機が返り討ちにされ、さらに練度不足のため二機が行方不明となっていた。艦隊上空で直掩に当たっていた夜間戦闘機はこれで全滅してしまったが、追加の直掩戦闘機を上げようにも、それには針路を一旦、北東に執らねばならず、ローリングス中将はその発進を思いとどまっていた。

――敵飛行艇は目障りだが爆撃を受けているわけではない！　残る夜間戦闘機は万一空襲を受けた場合に備えて温存しておくべきだ……。それよりポートモレスビーへできるだけ艦隊を近づけておく必要がある！

ローリングスはそう考え、この考えには主力空母群をあずかるヴィアン少将も同意していたが、二一日・午前四時を迎えた時点でローリングスの艦隊は、ガ島の南西およそ三〇〇海里の洋上まで軍を退いていたものの、ポートモレスビーまでの距離はあと五〇〇海里以上（五四〇海里程度）も残っていた。

――あと一時間三〇分もすれば夜明けを迎えるが、とてもポートモレスビー近海まで逃れることはできない！　ここは一気に北上し、日本軍空母艦隊に決戦を挑むべきではないかっ……⁉

ローリングスはそう思いあぐねていたが、マライタ島から発進していた友軍カタリナ飛行艇の報告により、ローリングスも日本軍空母艦隊がもはや自軍艦隊の後方（東北東）二三〇海里ちかくの洋上まで〝迫って来ている！〟ということをきっちり把握していた。

そして一旦、五機程度にまで数が減少していた日本軍飛行艇だったが、それが午前四時ごろから再び増え始め、午前四時二〇分にもなると、優に一〇機を超える敵飛行艇が三つの輪形陣のなかへ進入を繰り返し、艦隊上空に直掩機がいないのをよいことにこれまで以上に入念かつ執拗な頻度で味方空母群の様子を探り始めた。

あまりに執拗なその行動に不審を抱き、むろんローリングスやヴィアンはよりいっそう警戒感を強めた。

いうまでもなく、午前四時ごろから増え始めた飛行艇こそが、「夜間接触隊」の二式飛行艇九機だったが、ローリングスやヴィアンはもちろんそうとは知らず、日本の空母は〝夜明けと同時に艦載機を放ち攻撃を仕掛けようとしている〟のにちがいない、と、およそ〝それぐらいに〟しか考えていなかった。

ところが、最大の脅威はもはや彼らの頭上から迫りつつあり、午前四時三三分に俄然、空が真昼のような明るさとなった、そのときには、もはや完全に手後れになっていた。

東北東の空の一点から、鶴が翼を広げたようなかたちとなって光る銀翼の群れが来襲。ローリングスやヴィアンがその整然たるうつくしさにうっとり見とれている、わずか二分足らずのあいだにこれ以上ないほどの低空へと降下。

ふたりが〝ハタ〟と気づいた直後に、彼らが座乗する戦艦や空母艦上のいたるところで「敵機来襲！」「雷撃機だ！」「七〇機はいるぞ！」などの叫び声が次々と聞こえて、ローリングスやヴィアンはすぐさま我に返ったもののとくに「イラストリアス」に座乗していたヴィアンは、おそろしいほどの近さまで迫り、魚雷を投じて来たその翼に真っ赤な〝日の丸〟が描かれているのをはっきりと目に焼き付けられて、「ああ……」と嘆息しながら〝敵艦載機による夜襲だ！〟と観念、肩をがっくり落として、あろうことか、その場に膝を付きへたり込んでしまった。

それでも艦長のチャールズ・E・ランブ大佐がとっさに「面舵いっぱい！」と命じ、続いてローリングス中将から全軍に対して『北東へ向け大至急、反転せよ！』との命令が入った。

その命令によって座乗艦「イラストリアス」はたちまち三〇ノットまで増速、まもなく対空砲で一機を見事に撃墜し、艦長の命令が功を奏したのにちがいなく、同艦は右へ大回頭しながら敵機の投じた魚雷を次々とかわしてみせた。

これに勇気を得たヴィアンも、さすがに決然と立ち上がり、即座に全夜間戦闘機を迎撃に上げるよう命じた。

空母「イラストリアス」は右回頭を終えて、すでに北東へ向け急いでいる。いや、同艦ばかりでなく、残る四空母「ヴィクトリアス」「フォーミダブル」「インドミタブル」「インディファティガブル」も一斉に回頭を終わり、北東へ向けて急行し始めていた。

五空母は白波を蹴立て高速で疾走、爆弾や魚雷を喰らったものはいまだ一隻もなかった。

ヴィアン少将の命令を受けて、レーダー搭載のヘルキャットやコルセア、シーファイア戦闘機などが一斉に飛行甲板を蹴って飛び立つ。

高速で疾走する五空母はなおも、魚雷や爆弾をかわし続けた。

空は依然として真昼のような明るさが続いている。第一波・夜襲攻撃隊の彗星一八機が照明弾を投下し続けているのだ。

雷撃隊、反跳爆撃隊の流星は五隻のイラストリアス級空母をまじまじと眼前に見据え、対空砲火や探照灯の照射をものともせず果敢に突っ込んでゆくが、高速で疾走する英空母の艦腹をなかなか捉えることができない。

攻撃隊は五機の流星を失い、すでに三分の一の攻撃機が投弾を終えていた。攻撃開始からもはや五分以上が経過しようとしている。

このまま攻撃は〝空振りに終わるのか⁉〟と思われたが、そのとき日本側に最大の好機がおとずれた。

北東へ向け疾走し始めたイラストリアス級・五空母のゆく手に、低速のアタッカー級護衛空母や工作空母「ユニコーン」などが、なんと〝障害物となって〟立ちふさがっていたのだ。

こればかりは艦長のランブ大佐もどうしようもなかった。衝突を避けるために減速しながら、舵を再び面舵に執らねばならず、空母「イラストリアス」の動きがにわかに精彩を欠いた。そのすぐ左では僚艦の「ヴィクトリアス」が同様の回避行動に入っており、いきおい取り舵を命じるわけにはいかなかった。

そして、これらの動きをまんまと日本軍攻撃隊から予測されてしまった。

戦闘機の発進はすべて中止され、ヴィアン少将もにわかに観念、天を仰いでつぶやいた。

「いかん！　万事休すだ……」

このすばらしい絶好機を日の丸飛行隊が見逃すはずもなかった。

狙うイラストリアス級空母の速度は軒並み二〇ノット近くまで低下、しかも、一斉に右へ回頭し始めたので、やがて的艦の左舷が〝がら空き〟となることが眼に見えていた。

「よし！　もらったっ！」

雷撃隊の流星三機がすかさず突っ込み、狙う「イラストリアス」に魚雷を次々と投下。

それからおよそ二〇秒後のことだった。

投じられた魚雷のうちの一本がついに「イラストリアス」の舷側をとらえ、左舷・艦首付近で炸裂。天に沖するほどの水柱が昇った。

これで「イラストリアス」のゆき足はみるみるうちにおとろえ、その約二分後には反跳爆撃隊の一機も見事、左舷に八〇〇キログラム爆弾一発をねじ込んだ。

命中したのは帝国海軍が鋭意開発に努めてきた新型の反跳爆弾だ。「イラストリアス」の舷側に激突し爆弾が炸裂するや、同艦の左舷中央から瞬時にオレンジ色の爆炎が噴き上がり、もうもうたる黒煙が昇った。煙が「イラストリアス」の艦体をみるみるうちに呑み込んでゆく。

命中の瞬間、艦内に地を揺るがすような衝撃が走り、ランブ大佐は立っておられずとっさに膝を付いた。いや、ヴィアン少将も転びそうになったが、支柱にしがみつき、あやうく転倒をまぬがれた。すさまじい衝撃におののき、ヴィアンは口をあんぐりと開いている。

二人はこれまでにこれほど大きな衝撃を体験したことはなかった。それもそのはず。爆弾のみならず先に命中した魚雷も新型の一〇六〇キロブラム航空魚雷であり、両弾はともにすさまじい威力を発揮して、たちどころに「イラストリアス」を航行不能におとしいれた。

主機が大打撃を受けて、もはや機関部・全体に火の手がまわろうとしている。

座乗艦「イラストリアス」が大量の浸水をまねき、今や〝惰性で動いている……〟ということはヴィアン少将にもすぐに理解できた。

――こっ、これが日本軍機の恐ろしさか……。

なるほどアメリカ軍機動部隊が簡単にやられたのもうなずける……。

そして、どうやら「イラストリアス」は左へ大きく傾き、沈みつつあるようだった。

旗艦がたちどころに戦闘力を奪われ、ヴィアンはもはや〝敗北〟を悟っていたが、次々と舞い込む悲報に接し、さらに打ちひしがれた。

「し、司令官！　本艦だけはありません！『ヴィクトリアス』も魚雷二本を喰らって航行を停止し、『フォーミダブル』にも爆弾二発、『インドミタブル』にも爆弾一発が命中して両艦とも速度が大幅に低下しております！」

唯一、最左翼で航行していた空母「インディファティガブル」のみが取り舵を執り、かろうじて被弾をまぬがれていた。

しかし、残る四空母はいずれも喫水線下に打撃を受け、致命傷をこうむっている。イラストリアス級空母はこれまでドイツ空軍機の空襲を見事に凌いで幾度となく死線を乗り越えてきたが、今回ばかりはいかんともしがたかった。

夜間攻撃ということもあり日本軍機の採用した攻撃法が〝雷撃、反跳爆撃〟のいずれかであったため、飛行甲板に装甲を持つイラストリアス級の防御力がまったく役に立たなかった。

飛行甲板に施された装甲は急降下爆撃に重点を置くドイツ空軍機に対しては一定の効力を発揮してみせたが、はるか地球の裏側・太平洋では、より雷撃に重きを置く日本海軍機が牙を研いで待ち構えていた。

日独の用兵思想のちがいが期せずして、イギリス海軍の一線級空母には〝凶〟と出たのだ。

午前五時には一旦空襲がおさまった。が、それから一〇分と経たずして日本軍の第二波・夜襲攻撃隊が来襲し、ヴィアン少将があずかる虎の子の主力空母五隻は立ち直る余裕もなく、続けざまに情け容赦のない攻撃を受けた。

艦隊上空には九機の夜間戦闘機がかろうじて迎撃に飛び立ち、ローリングス中将はまもなく全軍へ向けて撤退命令を発したが、それに即応することのできた主力空母は、わずか「インディファティガブル」一隻のみだった。

同空母の左右には中将旗を掲げる戦艦「キングジョージ五世」と戦艦「ハウ」がぴったり護衛に張り付いていたが、接触機の二式飛行艇から通報を受けた第二波隊長の伊吹正一少佐は、みずから一八機の流星を直率して南西へ足を延ばし、遁走を企てようとする「インディファティガブル」に容赦なく襲い掛かった。

そして、六機の敵・夜間戦闘機に悩まされながらも「インディファティガブル」の上空へ迫った伊吹隊の一八機は、雷撃隊の流星二機と爆撃隊の流星四機を失いつつも攻撃を敢行。

およそ一五分に及ぶ攻撃で戦艦「キングジョージ五世」に魚雷一本、めざす「インディファティガブル」にもついに八〇〇キログラム爆弾一発をねじ込んで、日々研鑽をかさねてきた訓練の成果をこの大一番で遺憾なく発揮してみせた。

ただし、「インディファティガブル」に致命傷を負わせることはできず、右舷・艦首付近の船体を破壊して出し得る速度を二二ノットに低下させたにとどまった。かたや、「キングジョージ五世」も二四ノットでの航行が可能であり、ローリングス中将は急遽ポートモレスビーへの航行を取り止めて南下、これら主力艦三隻を一気にシドニーまで退避させたのだった。

いっぽう、後方へ取り残されたヴィアン少将の四空母も時を同じくして三〇機の流星から攻撃を受けていた。

四空母はもはやいずれもかなりの打撃をこうむっていたが、それでも直掩の夜間戦闘機と対空砲で必死に応戦、六機の流星を撃墜した。

しかし反撃もそれまで。ヴィアン少将が座乗する肝心の空母「イラストリアス」はもはやゆっくりと波間に没しようとしており、撃墜をまぬがれた二四機の流星は、ほかの三空母「ヴィクトリアス」「フォーミダブル」「インドミタブル」へ容赦なく襲い掛かり、空母「インドミタブル」に魚雷二本、空母「ヴィクトリアス」と「フォーミダブル」にもそれぞれ爆弾一発ずつを命中させて、見事、三隻とも海上から葬り去った。

新型航空魚雷と新型反跳爆弾の破壊力はやはりすさまじく、これら三空母はほとんど轟沈。結局最後まで海上に浮いていたのは旗艦の空母「イラストリアス」だった。

午前五時二六分。「イラストリアス」艦上で、三空母が〝残らず沈没した！〟との知らせを受けたヴィアン少将は無言でその報告にうなずき、やがてひとつ大きく息を吸い込みながら、目をつむり天を仰いだ。

空母「イラストリアス」はすでに大きく左へ傾き、その傾斜はいよいよ深まりつつある。

もはや〝一刻の猶予もならない！〟と、危険を察した幕僚の一人が、声をふりしぼるようにして進言した。

「司令官！　残念ですが、もはや『イラストリアス』を救うことはできません。ぜひ、われわれと一緒にご退艦ください！」

しかしヴィアンは、目をつむったままかぶりを振り、ただ一言、きっぱりと言い切った。

「ノー、サンキュー」

口に出してこそ言わないが、ヴィアンは、ポートモレスビー方面へ一旦〝軍を退く！〟としたローリングス中将の方針に対し、あっさり同意してしまったみずからをゆるせず、先ほどから自責の念に駆られていた。

——あのままガ島近海にとどまって果敢に決戦を挑んでおれば、勝つことはできずとも敵に一矢報いることはできたにちがいない！

ヴィアンがみずからを責め、そう後悔するのもむりはなかった。結局、彼の高速空母群は、敵へ向けて一機の攻撃機を放つこともなく、むざむざ惨敗を喫してしまったのだ。話にこそ聞いていたが、日本軍機が〝これほど恐ろしい〟とは夢にも思わず、彼はいまの今までその実力を甘くみていた。そして、ヴィアンには〝ドイツ海軍を倒して来たのだ！〟という強い自負心もあった。

なるほど、そのとおりにちがいなく、これまで大西洋の荒波を何度も乗り越えて来た空母「イラストリアス」だったが、太平洋の波はことのほか荒く、「イラストリアス」やヴィアンのような歴戦のツワモノでも、それを乗り越えることはついにできなかったのである。

午前五時三八分。空母「イラストリアス」は横倒しとなり、艦長のランブ大佐とヴィアン少将は艦と運命をともにした。

8

敵基地に対して航法に優れた長距離爆撃機などで〝夜間攻撃を仕掛ける〟というような「無差別爆撃」は、米英航空隊も二年ほど前からとっくに実施していた。

だが現時点で、艦載機で敵艦に夜襲を仕掛けることができるのは、世界広しといえども帝国海軍の母艦航空隊しかなかった。しかも、帝国海軍はそれを組織的に運用する「夜襲攻撃隊」を世界にさきがけて生み出し、飛行隊は猛烈な訓練をくり返してきた。

口で言うのは簡単だが、実際にそれをやるには死をも恐れぬ覚悟がいる。

レーダー兵器の進歩はいちじるしいが、まだまだ発展途上にあり、敵〝空母などに対して夜襲を仕掛ける〟には、どうしても搭乗員の技量に頼らざるをえない。航空レーダーなどもいまだそこまでは進歩しておらず、その不足をおぎなうために帝国海軍「夜襲攻撃隊」の搭乗員は、欧米の常識では考えられないほど危険な訓練を、個人ではなく組織としてくり返してきたのだ。

帝国陸海軍軍人の〝つらがまえ〟をみよ、二十歳そこそこでもみな、立派な大人の顔付きをしている。苦みばしった精悍な顔付きになるのは、もはや死をも恐れぬ〝覚悟を決めているから〟であり、この世に生を受け、太地を踏みしめたからには、男ならば、一旦〝やる！〟と決めたことは万難を排してやり遂げねばならず、その覚悟を肚に据えてこそ、はじめて、一人前の男になる。元来男とはそういうもの。女は、生まれながらにして女だが、男は、みずからをつくり上げてこそ、はじめて男になるのだ。

夜襲攻撃隊のみならず帝国海軍の搭乗員はみなそのことを自覚していた。

その覚悟たるや、緒戦では戦艦「プリンス・オブ・ウェールズ」を見事撃沈し、一年ほど前には空母「ヨークタウンⅡ」も撃沈してみせた。

いや、それだけではない。記憶にも新しい昨年一二月には空母「ワスプⅡ」もハワイ近海できっちりと血祭りに挙げ、今またさらに空母「イラストリアス」も見事撃沈してみせて、米英の指揮官に対して、ことごとく立ちなおれぬほどの衝撃をあたえた。

緒戦では、戦艦を〝航空攻撃で沈めることはできない！〟と信じていたトーマス・S・フィリップス中将の自尊心を完全にへし折り、休戦協定を一方的に破棄されたあとは、艦載機で〝敵空母を夜襲する！〟という離れ技で敵の旗艦をことごとく撃沈、座乗していたチャールズ・A・パウネル少将やマーク・A・ミッチャー中将、はたまたフィリップ・L・ヴィアン少将らの自尊心を撃ち砕き、彼ら空母部隊指揮官三名の尊厳もずたずたに引き裂いていた。

不覚にも帝国海軍航空隊の猛攻に遭い、これら四名の提督は、みずからが固く信じてきた海戦の常識を根底からくつがえされた。自己の尊厳を傷付けられた誇り高き男たちは、計り知れないほどの無力感に打ちひしがれてとても生還する気になれず、ひとり残らず全員が〝旗艦と運命をともにする！〟という、悲壮だが、じつに男らしい道を決然と選んだのだった。

ところで、これまでに夜襲攻撃隊は米軍機動部隊との戦いを二度ほど経験してきたが、昼間攻撃隊の介錯を待たずして夜襲攻撃隊のみで〝複数の敵主力空母を仕留めた！〟のは今回がはじめてのことだった。

結局、彼ら夜襲攻撃隊は二二機の流星を失いながらも一三発の命中弾を得て、一七・六パーセントの命中率を計上していた。

四隻もの敵主力空母を一挙に撃沈することができたのは、ほかでもない攻撃機の機種が、新型爆弾、新型魚雷を搭載可能な「流星」に代わっていたことが最大の要因だった。

そして、戦いはまだ終わっていない。

ボウェル少将のイギリス護衛空母群はローリングス中将の撤退命令に応じて南進、そのため風上に艦首を向けることができず、艦載機の発進よりも戦場からの離脱を優先した。

しかし、アメリカ第七艦隊の護衛空母群をあずかるトーマス・L・スプレーグ少将は、勇敢にも日本軍空母艦隊との戦いを決意、午前五時二〇分過ぎに空が白み始めてくると、艦上待機中の攻撃機にいきおい発進を命じた。

スプレーグ少将の指揮下には一六隻のカサブランカ級護衛空母が在る。

それら一六隻の空母は合わせて二三六機のワイルドキャット戦闘機と一九二機のアヴェンジャー雷撃機を搭載しており、その合計数は四二八機に達していた。

各空母がワイルドキャット一四～一五機ずつを搭載し、アヴェンジャーも一二機ずつを搭載していた。

――日本軍艦載機は夜明け後も攻撃をたたみ掛けて来るにちがいない！

これまでに来襲した日本の夜間攻撃機は一五〇機程度でしかなく、スプレーグは〝敵機の空襲は夜明け後も必ず続く！〟と予想、ワイルドキャット戦闘機の発進を優先させた。日本軍空母艦隊は優に〝五〇〇機以上の艦載機を保有している〟と考えられたからである。

そして、彼の予想はいかにも的中した。

随伴する軽巡「フェニックス」の対空レーダーがまもなく敵機大編隊の接近をとらえて、幕僚の一人がスプレーグに報告した。

「日本軍攻撃隊はあと二〇分ほど、午前五時四五分ごろには、わが上空へ進入して来ます！」

これを聞いたあとの、スプレーグの決断ははやかった。

「戦闘機はすべて舞い上げるが、雷撃機の発進は半数（六機ずつ）で中止せよ！」

各空母が約一五機ずつのワイルドキャットを発進させるのにおよそ八分は必要だった。幸い戦闘機はすべて発進させられるが、二〇分後には敵機が来襲するというのだから残る一二分でアヴェンジャーも舞い上げるしかない。しかし、敵空母を攻撃するには水平爆撃では効果が期待できず、アヴェンジャーは雷装で出すしかなかった。

ところが問題は、雷装のアヴェンジャー雷撃機は重量が八トンを超えるため、自力滑走では飛び立てずカタパルトでの発進が必須となる。そしてじれったいことに、カタパルト発進はいくら急いだとしても〝二分間隔でしか〟アヴェンジャーを射出できないのであった。

したがって、各母艦は残る一二分で六機ずつのアヴェンジャーしか舞い上げることができず、先に飛び立ったワイルドキャットが敵攻撃隊にある程度足止めを喰らわしたとしても、それ以上、欲張ってアヴェンジャーを発進させるのは〝危険である！〟とスプレーグは判断したのだった。

それでもぎりぎりで、わずかな失敗もゆるされないが、午前五時三三分にはワイルドキャットの全機が飛び立ち、午前五時四五分にはアヴェンジャーも、その予定数が飛び立った。

舞い上がったワイルドキャットは全部で二三六機、アヴェンジャーもなんとか半数の九六機を舞い上げることができた。

スプレーグは賭けに勝ったわけだが、そのときにはもう、日本軍攻撃隊は味方空母群の間近まで迫っており、迎撃戦闘機隊のワイルドキャットは熾烈《しれつ》な戦いを上空で繰り広げていた。

アヴェンジャー九六機はまもなく日本軍空母艦隊の上空をめざして進軍、アヴェンジャーをまるはだかで攻撃に差し向けるわけにもいかず、スプレーグ少将は、五六機のワイルドキャットを攻撃隊に随伴させて、艦隊の護りに一八〇機のワイルドキャットを残しておいた。

およそ四分の一の戦闘機を攻撃に使い、残る四分の三以上の戦闘機を防空用に残して、あくまで守りを重視したのだ。


これに対して第一波攻撃隊を率いる江草少佐は制空隊として、手元から四八機の紫電改を割いて本隊から先行せしめ、その突入によって突破口を開こうとした。

もはや旧式のワイルドキャットはやはり紫電改の敵ではなく、制空隊はたちまち五〇機以上の敵戦闘機を空戦にまき込み、一〇分足らずのあいだに三二機ものワイルドキャットを撃墜した。

その制空権争いにおいて紫電改も四機を失いはしたが、新型・日本軍艦上戦闘機の出現にあわてた米軍・迎撃戦闘機隊は〝この新型敵戦闘機に対しては二対一で戦いを挑まねばやられる！〟と直感、さらに七〇機ちかくのワイルドキャットを割いて制空隊の紫電改に対処した。これで戦闘機同士による制空権争いは〝四四機対九〇機〟の戦いとなり、空戦はにわかに膠着し始めた。

それを観て江草は突入を決意、空襲を逃れようと洋上でひしめき合う敵空母を、いよいよ物色し始めた。

これより先に江草は、夜襲攻撃隊や接触機の二式大艇などから、敵主力空母一隻が〝南へ向けて遁走しつつある！〟との通報を受けていた。

そして、ざっと洋上を見渡したところ、眼下の海では二線級の小型米空母一〇隻以上が鈴なりとなっていたが、そのはるか南西洋上にも敵艦隊の一端が見え隠れしていた。

――なるほど……。夜襲攻撃隊が撃ちもらした敵主力空母は、おそらく〝あの先〟にいるのにちがいない！

そう見てとるや、江草は攻撃機の約半数を率いてさらに南西へ飛び、残る半数に対してはただちに眼下の米空母へ襲い掛かるように命じた。

とはいえ敵戦闘機の数が多く、いまだ空戦に参加していなかった敵グラマン六〇機ほどが、いよいよ本隊に手出しして来た。

本隊の上空にはなおも三六機の紫電改が直掩に残されていたが、それも一八機ずつ二隊に分けて江草は紫電改一八機、彗星四五機、天山二七機を直率して南西へと急いだ。

これで米艦隊上空に残された攻撃機は、紫電改一八機、彗星三九機、天山三九機となり、それら別動隊の彗星、天山は、敵グラマンの迎撃にさらされながらも果敢に突入、まもなく狙う米空母へ向けて投弾を開始した。

それを後ろ手に確認して、江草はいよいよ南西へ急いだが、こちらにも三〇機余りのグラマンが喰らい付いて来たので、江草本隊もまた攻撃兵力を徐々に減殺されていった。

けれども江草はぐっと我慢、最大の獲物である敵主力空母を仕留めるには、ここは損害を覚悟して南へ飛び続けるしかなかった。

そして五分も飛び続けると、江草はついに第二の敵空母群を指呼の間にとらえた。それはよかったが、残念なことにそこにも大型空母のすがたは見えなかった。

——くそっ！　こちらも二線級の小型空母ばかりかっ……。

じつは江草が今、眼下にとらえたのはボウェル少将のイギリス護衛空母群だったが、やはり大型空母のすがたは見えず、江草もついにあきらめようとした、そのときのことだった。

後部座席に乗る石井樹飛曹長が突然、はるか前方洋上を指差し、声を張り上げて言った。

「あの先にもう一隻、見えます！」

これを聞いて江草は攻撃開始をぐっと思いとどまり、列機を率いてさらに南へ飛び続けると、なるほど江草の眼にも、もう一隻の敵空母が見えてきた。

——おお！　空母にちがいない！

そして江草は目を凝らし、もう一度よく確認した上で、みずからさけんだ。

「石井、でかしたっ！　先をゆく獲物はまぎれもなく大きいぞ！」

隊長からお褒めの言葉を頂戴し、石井はあふれんばかりの笑顔でぺこりとうなずいた。

たしかにその敵空母はほかの空母と比べてあきらかに大きく、江草や石井が、夜襲攻撃隊が撃ちもらした、もう一隻の敵主力空母は〝こいつにちがいない！〟と思い込むのも、およそ無理のないことだった。

なにより江草本隊は敵戦闘機から攻撃を受け続けており、充分な攻撃兵力を残しているあいだに攻撃を急ぐ必要があった。

現にその機数は彗星三六機、天山一五機にまで減少している。直掩の紫電改が三機を失いながらもグラマン八機を返り討ちにしていたが、それでも江草本隊は彗星九機と天山一二機の計二一機をすでに失っていたのだった。

さらには、前方洋上に一隻だけ離れて航行していた、その敵空母は〝二五ノットちかく〟の速度で南下していたので、二人はもはや〝これにちがいない！〟とすっかり確信した。

そして、そう確信するや、江草はすかさず突撃命令を発し、自機をふくむ彗星一八機と天山九機で独走する敵空母へと襲い掛かったが、さしもの江草も今回ばかりは判断を誤っていた。

それは本来攻撃を加えようと狙っていた主力空母「インディファティガブル」ではなく、イギリス海軍特有のめずらしい航空母艦・工作空母「ユニコーン」だったのである。

航空機補修能力を持つ「ユニコーン」は最大で二四ノットの速力を発揮することができ、満載排水量は二万トンを超えており、全長も二〇〇メートルちかく（一九五・一メートル）はあった。しかも立派な島型艦橋を持つため、イラストリアス級空母などと並走していた場合には艦型の相違に気付くかもしれないが、単独航行中の場合はよほどの観察眼の持ち主でないかぎり、これが〝補助空母である！〟と見破るのは、よほど困難な業にちがいなかった。

江草や石井がすっかりだまされてしまうのも無理からぬことだった。

じつは、スプレーグ護衛空母群がワイルドキャットやアヴェンジャーを発進させるために北東へ向けて移動していたので、被弾するまで三〇ノットの高速で疾走していた空母「インディファティガブル」は、午前五時五〇分の時点ですでに、米護衛空母群の南西およそ四〇海里の彼方へ退いていたのだった。

そして、米空母群の位置を基準にすると、その南西およそ二五海里の洋上でボウェル少将の護衛空母八隻が南進しており、米空母群の南西およそ三〇海里の洋上で「ユニコーン」が単独航行していた。つまり撤退命令を受けた「ユニコーン」は鈍足の護衛空母に合わせることなく南下して、護衛空母群より五海里ほど先行、空母「インディファティガブル」の後方（北東）およそ一〇海里に二番手の位置で続いていたのだった。

結果的に「ユニコーン」は「インディファティガブル」の身代わりとなって攻撃を受けた。

二四ノットで航行する的艦への攻撃にしくじるはずもなく、江草機は指揮官先頭、真っ先に急降下して「ユニコーン」の飛行甲板へ五〇〇キログラム爆弾をたたき込んだ。その後も爆弾や魚雷が次々と命中し、二〇分ほどの攻撃で爆弾四発と魚雷二本を喰らった「ユニコーン」は、火だるまとなって午前六時二〇分には横転、海上からすがたを消した。

攻撃中、的艦が一度も二五ノット以上の速力を発揮しなかったので、江草はそれではじめて〝これはおかしいぞ……〟と気づいた。それでも本当の正体がわかるはずもなく、江草は報告においては〝主力空母〟とせず、『敵中型空母、撃沈！』と修正し報告電を打った。

そして、午前六時二五分に江草が引き揚げを命じたとき、第一波攻撃隊は「ユニコーン」のほかに、二隻の英護衛空母と米護衛空母六隻の撃沈に成功していた。

すでにこの時点で連合国側は主力空母四隻、工作空母一隻、護衛空母八隻を失っており、戦場となったサンゴ海は重油まみれとなって、いたるところに沈没艦の残骸が散乱していた。

海上では、今、英海軍の駆逐艦八隻が沈没した空母乗員の救助に当たっており、その北東およそ二五海里の洋上でも米海軍の駆逐艦が同じ目的で走りまわり、スプレーグ少将の米空母群はもはや大混乱となっていた。

スプレーグ提督の指揮下には、無傷の護衛空母一〇隻がいまだに残っていたが、それら一〇隻も決して無事ではなかった。

午前六時四五分には村田重治少佐の率いる第二波攻撃隊がスプレーグ部隊の上空へ来襲。その直上ではいまだ九〇機以上のワイルドキャットが直衛に当たっていたが、第二波攻撃隊にも七五機の紫電改が随伴しており、日本軍機の猛攻を阻止することはできなかった。

この時点ですでに空母「インディファティガブル」は米艦隊の南南西およそ六五海里の彼方へ撤退しており、残存の英護衛空母六隻も米艦隊の南西およそ四〇海里の洋上へ退いていた。

戦闘不能および燃料切れとなったワイルドキャットを収容するために、スプレーグ護衛空母群はおおむね北東の針路を維持し続けざるをえなかった。そのため英艦隊との距離は午前六時四五分の時点でもはや相当に離れており、村田少佐も南へ敵艦を探し回るようなことはしなかった。

二線級の補助空母ながら眼下の洋上にはいまだ獲物が一〇隻もおり、反撃の芽を摘み取るためにも、まずは二〇〇海里圏内に存在するこれら敵空母一〇隻を撃破しておくべきだった。

攻撃兵力は充分ある。獲物はすべて防御力の弱い小型空母だ。爆弾や魚雷を一発でも命中させれば、ほぼ一〇〇パーセントにちかい確率で撃沈できる。なのでゆっくり落ち着いて攻撃すれば一〇隻とも撃沈できるはずだが、上空ではいまだ多くのグラマンがねばっていたので、そうゆっくりもしておられなかった。

グラマンの追撃をかわしながら攻撃隊の被害を局限するには〝三〇分以内に攻撃を終える必要がある〟だろう。そう考えた村田は、満を持して突撃命令を発したが、やはり重複攻撃を避けるのはむつかしかった。

第二波攻撃隊はおよそ二五分におよぶ攻撃で彗星一二機と天山一五機を失いながらも、爆弾一〇発と魚雷一一本の命中を得た。あたえた命中弾の総数は二一発に達しており、まんべんなく均等に命中弾をあたえることができたなら、おそらく敵空母を一〇隻とも沈められたはずだが、なかには魚雷や爆弾を四発も被弾したものがあり、八隻の敵空母を撃沈したにとどまった。

二隻を取り逃したのは残念だが、残る八隻もの敵空母を沈めたので、以後は第二機動艦隊が二次反撃を受けるようなことはない。

現に洋上の敵は大混乱におちいっていたが、それもそのはず。スプレーグ少将が座乗していた護衛空母「アンツィオ」もまた爆弾二発を喰らって沈没してしまい、スプレーグ少将は間一髪で海へ飛び込み、なんとか一命を取り留めていた。

彼はおよそ三〇分後に駆逐艦「マッコード」によって救助されることになるが、揚陸指揮艦「ワサッチ」艦上で指揮を執っていた第七艦隊司令長官のトーマス・C・キンケイド中将は、もはや作戦中止を命じ、麾下全部隊に対してヌーメアへの引き揚げを命じていた。

午前七時一八分。敵空母八隻の撃沈を確認した村田少佐は、第二波攻撃隊にまもなく引き揚げを命じたのである。

9

戦いはなおも終わっていない。

戦艦「比叡」の対空見張り用レーダーが敵攻撃隊の接近を探知したのは、午前六時三〇分過ぎのことだった。

「敵編隊およそ一五〇機。あと五〇分ほどでわが上空へ進入して来ます！」

旗艦「信濃」の艦上で通信参謀がそう報告すると、山口中将はただちにすべての紫電改を迎撃に上げるよう命じた。

防空用に残されていた紫電改は八四機。装甲空母「信濃」は二四機の紫電改を一気に発進させるが、その全機が一〇分ほどで飛び立ち、まもなく西南西の方角へ迎撃に向かった。

接近しつつある敵攻撃隊の兵力はおよそ一五〇機と報告されたが、その報告にくるいはなく、来襲しつつある米軍攻撃隊の兵力はワイルドキャット戦闘機五六機、アヴェンジャー雷撃機九六機の計一五二機だった。これら敵機を迎え撃つために紫電改八四機は自軍艦隊の手前およそ四〇海里の上空で迎撃網を構築、警戒態勢を執った。

そして、日米両軍艦載機は午前七時ごろから交戦状態に入り、第二機動艦隊の西南西およそ四〇海里の上空で激しい空中戦が始まった。

来襲した敵機は紫電改の倍ちかくもいたが、護衛に付いていた敵戦闘機は五〇機程度、しかも旧式のグラマンF４Fばかりであり、およそ紫電改の敵ではなかった。

戦艦「比叡」からの情報を頼りに紫電改は高度六五〇〇メートル付近で待ち伏せに成功、敵機編隊を発見するや、有利な位置から一斉に降下して敵機群へと襲い掛かった。

米軍攻撃隊は二〇〇海里以上の距離を進出する必要があり、ガソリンを節約するために低高度で進軍できず、日本側のレーダー探知においそれと引っ掛かってしまった。

紫電改八四機はまんまと急襲に成功。

最初の一撃だけで早くもワイルドキャット二四機とアヴェンジャー一〇機を撃墜した。

紫電改の装備する二〇ミリ機銃が絶大な威力を発揮したのだ。

そして、残る三二機のワイルドキャットをたちまち一対一の空中戦にまき込み、あとは五二機の紫電改がしらみつぶしにアヴェンジャーをたたき落としていった。

敵は米軍機動部隊のパイロットでなく、すべて護衛空母の二線級パイロットだ。飛行士の練度がおよそ充分でないため、紫電改は〝ここが撃墜数の稼ぎ時〟とばかりにアヴェンジャーを片っ端から撃墜していった。

頼みのワイルドキャットがことごとく空戦にまき込まれてしまい、もはや雷撃隊搭乗員の多くが戦意を喪失していた。

ワイルドキャットと紫電改の速度差は時速・約一〇〇キロメートルにも及ぶので、アヴェンジャーの救援に舞いもどっても、ワイルドキャットはたちまち紫電改に喰い付かれてしまう。

攻撃隊の士気がまるで上がらず、数発被弾しただけで攻撃をあきらめるアヴェンジャーが続出したが、それでも五〇機以上のアヴェンジャーがねばり続け、そのうちの一二機がついに空母群の上空へ進入して来た。

時刻は午前七時二〇分になろうとしている。それまでに紫電改はワイルドキャット四八機とアヴェンジャー五二機の計九〇機を撃墜、さらに三二機のアヴェンジャーを退散させていた。

しかし敵機の進入をすべて阻止することはできず、紫電改の迎撃網を突破した一二機のアヴェンジャーはすべて「信濃」へと向かって来た。

図体がバカでかい「信濃」は、だれがどう見ても狙いやすかったからである。

装甲空母「信濃」はすでに速力二七ノットで疾走しており、さしもの山口中将も〝どうなることか……〟と、低空へ舞い降りつつある敵雷撃機に眼が釘付けとなっていた。

けれども、座乗艦「信濃」の左右には、戦艦「比叡」「霧島」がぴったり護衛に張り付いており、「信濃」自身はお椀型の対空射撃用レーダー「二号四型改二」を二基も装備している。

そして、このレーダーはやはり単なるお飾りでなく、いよいよ突入して来た敵機のうちの四機をレーダー射撃でたちまち粉砕してみせた。

その直後に「信濃」は右へ大きく回頭。戦艦二隻の対空砲も続けざまに火を噴き、さらに二機のアヴェンジャーを撃墜した。

ところが、その砲火もかいくぐってついに六機のアヴェンジャーが魚雷を投下。「信濃」からの距離はいまだ五〇〇〇メートルも離れており、投下高度も一〇〇メートルほどであきらかに稚拙な雷撃でしかなかったが、いかにも「信濃」の船体が大きすぎたのか、六本のうちの一本がするすると同艦の左舷へ近づいて来た。

そして、いかにも〝まぐれ当たり〟というものがあるようで、そのぶきみな魚雷は、あろうことか、「信濃」の左舷中央・前寄りにあっさり命中してしまったのだった。

命中の瞬間、艦橋を超えるほどの水柱が噴き上がり、「信濃」の艦体がぶるぶると震えた。

その振動を山口も肌で感じたが、揺れの大きさは思ったほどでもなかった。「信濃」はいまだ悠々と航行している。

みると、艦長の阿部俊雄《あべとしお》大佐は関係部署としきりに連絡を取り、被害確認を急いでいる。ここは山口も、要らぬ口出しをひかえた。

はたして、およそ五分後、阿部艦長が山口の方へ向きなおり、落ち着いた表情で報告した。

「本艦は若干の速度低下をまねきましたが、いまだ速力二六ノットでの航行が可能です。……機関などの重要部に被害はありません！」

これを聞いて山口もほっとしたが、念のためにさらに確認した。

「作戦継続は可能だね？」

「はい、ほんのかすり傷程度です。戦闘行動になんら支障はございません！」

阿部艦長が力強くそう答えると、山口もこれにいよいよ大きくうなずいた。

敵機はすべて上空から飛び去っていた。

時刻は午前七時四五分になろうとしている。

軽空母を除く七隻の母艦は迎撃戦闘機隊の紫電改が空中戦を開始した午前七時までに「夜襲攻撃隊」の収容を終えており、「信濃」の艦上は、じつは今、収容した夜襲攻撃隊の流星などで手狭な状態となっていた。

ここに一発でも爆弾を喰らっていたとしたら大騒ぎになっていたにちがいないが、命中したのが魚雷でなによりだった。

さすがに「信濃」は、大和型戦艦の船体を持つだけに、魚雷一本ぐらいの命中ではビクともしなかった。

反撃を受けたのは、装甲空母「信濃」ただ一隻のみ。その「信濃」も敵機の空襲を小破程度の損害で切り抜け、第二機動艦隊の母艦九隻はいまだ充分に戦闘力を保持していた。

そして艦隊上空には、江草機をはじめとする第一波の攻撃機がもはや帰投し始めており、九隻の母艦は、迎撃に上げていた紫電改や第二波の攻撃機などもふくめて、それら出撃機を午前九時三〇分までにすべて収容した。

収容作業が完了すると、航空参謀の嶋崎重和中佐はただちに各空母と連絡を執り、再出撃可能な機数を精査した。その結果、夜襲攻撃隊・五航戦の艦載機は一一七機が再発進可能で、二、三、四航戦・母艦九隻固有の艦載機も四一一機が再発進可能であることが判明した。

第二機動艦隊は米英軍艦隊との空母戦において一五九機の艦載機を失っていたが、紫電改二〇一機、彗星一四四機、夜戦型彗星一二機、天山九九機、流星七二機の計五二八機を使用可能な航空兵力としてなおも保持していたのだった。

一五九機の喪失は決してバカにならず、散って逝った搭乗員は二五〇名を超えていたが、その貴重な損害と引き替えに、第二機動艦隊は〝二一隻もの敵空母を撃沈、一隻を中破する〟という赫々《かくかく》たる戦果を挙げていた。

米英連合軍艦隊／喪失空母および損傷艦

・イラストリアス級空母四隻、沈没
・ユニコーン級工作空母一隻、沈没
・アタッカー級護衛空母二隻、沈没
・カサブランカ級護衛空母一四隻、沈没
・インプラカブル級空母一隻、中破
・キングジョージ五世級戦艦一隻、中破

沈没した空母二一隻のうちの一七隻は二線級の補助空母が占めていたが、これら艦艇の損害だけでなく、米英海空軍は一挙に七〇〇機ちかくもの艦載機を喪失していた。

一九四五年（昭和二〇年）二月二一日に生起した第二次「珊瑚海海戦」において、第二機動艦隊および帝国海軍は〝決定的〟な大勝利をおさめたのである。

決定的というのは決して言い過ぎではなく、この敗戦を重くみた英国ウィストン・チャーチル首相は、こののち国策にかかわる重要な方針転換をひそかに決定する。

空母戦の勝利は艦隊将兵の士気を大いに挙げたが、第二機動艦隊の作戦はまだ終わっていない。

「紫電改二〇一機、流星七二機をふくむ五二八機が再発進可能な状態で、いまだ母艦九隻の艦上に残されております！」

なるほど、嶋崎航空参謀の報告に誤りはなさそうで旗艦・装甲空母「信濃」の艦上は今、一一一機もの艦載機で満たされていた。艦橋から見下ろすと、「信濃」の飛行甲板では、なおも整備兵らがあわただしく動きまわっている。

それを見ながら嶋崎中佐の報告に力強くうなずくと、山口中将は正面へ向きなおり、はるか前方洋上を見すえて決然と命じた。

「速力一八ノット！　これより艦隊はポートモレスビーへ向けて進軍する！」

東の空には太陽がもはや高々と昇っていた。

VICTORY NOVELS ヴィクトリー ノベルス

第二次太平洋戦争(3)
激闘！ 二大空母決戦

著　者　原　俊雄
発行人　杉原葉子
発行所　株式会社 電波社
〒154-0002　東京都世田谷区下馬 6-15-4
TEL. 03-3418-4620
FAX. 03-3421-7170
http://www.rc-tech.co.jp/
振　替　00130-8-76758

印刷・製本　三松堂株式会社

ISBN 978-4-86490-202-1　C0293